LES SOUPERS

DE LA

PRINCESSE LOUBA D'ASKOFF

DRAME D'AMOUR ET DE NIHILISME

PAR

MME OLYMPE AUDOUARD

PARIS

E. DENTU, ÉDITEUR

LIBRAIRE DE LA SOCIÉTÉ DES GENS DE LETTRES

PALAIS-ROYAL, 15-17-19, GALERIE D'ORLÉANS

—

1880

LES SOUPERS

DE LA

PRINCESSE LOUBA D'ASKOFF

LIBRAIRIE DE E. DENTU, ÉDITEUR.

Du même auteur.

Paris. — Imprimerie E. DONNAUD, rue Cassette, 1.

LES SOUPERS

DE LA

PRINCESSE LOUBA D'ASKOFF

CHAPITRE PREMIER

UN BAL MASQUÉ AU CERCLE DES MARCHANDS.

Les Russes sont classés et numérotés ; le tchinn existe pour la société comme pour la vie politique.

Le tchinn donne un numéro qui fixe la valeur de l'individu, tous les Russes sont incorporés dans deux armées : la militaire et la civile. Le bédeau

est un soldat civil, le mathématicien, selon sa
science ou la faveur dont il jouit, est caporal ou
colonel au civil; de cette façon, nul n'échappe à la
discipline de fer du régime militaire.

Les grades établis dans l'armée, servent de base
à la classification des civils.

Le tchinn comprend quatorze catégories ; la
première se compose des feld-maréchaux, généraux, amiraux, et des civils remplissant les plus
hautes fonctions, comme ministre par exemple : on
leur donne alors le grade de général civil.

La quatorzième catégorie englobe les petits employés du gouvernement, les sacristains, et les
étudiants non titrés.

Tout Russe, compris dans une des quatorze
catégories du tchinn est noble de plein droit, mais
ceux des trois premières catégories seulement sont
en possession des priviléges accordés à la noblesse.

Grâce à cette invention merveilleuse de la
grande Catherine, tout le monde est noble en
Russie, sauf les paysans et les marchands.

Les nobles par droit de naissance sont aussi
classés en trois catégories.

Aussi, point de discussion ; point n'est besoin
d'avoir recours à un d'Hozier, l'autocrate dit :
celui-ci est de première, celui-là de seconde, et
cet autre de troisième noblesse.

Je m'étonne qu'un oukase n'ait point encore
ordonné aux Russes de porter bien ostensiblement, au milieu de leur dos, le numéro d'ordre et
le numéro social que le czar leur donne ; cela
viendra !

Les marchands sont aussi classés sous le nom
de Guildes ; ils forment ce qu'on nomme en Russie
la bourgeoisie. Pour obtenir d'entrer dans cette
classe, il faut s'inscrire sur un grand livre sur
lequel on est tenu d'écrire un serment de fidélité
à l'Empereur, ensuite on déclare, par écrit toujours, de quelle somme d'argent on dispose : selon
l'importance de cette somme, on appartient à la
première, à la deuxième ou bien à la troisième
Guilde.

Ceux qui possèdent cinquante mille roubles
argent, c'est-à-dire quatre cent mille francs environ font partie de la première Guilde ; ils peuvent
établir des fabriques, posséder des navires mar-

chands, faire la banque, être agents de change ;
ils sont exempts de la bastonnade ; la grande
Catherine leur a gracieusement octroyé le droit
d'aller en voiture à deux chevaux.

Ceux qui ne possèdent qu'un capital de vingt-
cinq mille roubles, ont le droit de faire la banque,
d'avoir charge d'agent de change, de fabriquer, de
créer toutes sortes d'industrie, mais il ne leur est
pas permis de posséder des navires sur mer ; les
petits bateaux sur fleuves leur sont seuls permis,
ils ont droit à un cheval seulement à leur carrosse.

Ceux qui ne possèdent qu'un capital de huit
mille roubles composent la troisième Guilde. Ils
ne peuvent que tenir des cabarets, des bains, des
auberges, et faire le commerce du détail ; un cheval de selle, c'est tout ce qu'on leur permet ; le
crime de posséder moins de roubles les rend
bastonnables.

Nicolas, voulant s'attacher la bourgeoisie, a
rendu un oukase qui permet d'accorder à titre de
haute récompense, à quelques grands industriels, ou
riches banquiers de la première Guilde, la faveur
de faire partie du tchinn à la huitième catégorie ;

ils sont alors assimilés au grade de capitaine dans l'armée ou au civil.

Voilà donc les soixante millions d'hommes formant le peuple russe, classés, numérotés, comme les petits paquets de drogues des pharmaciens.

Cette ordonnance a eu pour résultat le désordre incommensurable qui règne en Russie.

C'est le cas de dire que l'excès en tout est un défaut.

Dans la société, on retrouve la loi du tchinn : chaque catégorie a son cercle, la grande noblesse a le sien, la petite en possède un, les artistes ont le leur. Les deux premières Guildes ont leur cercle nommé cercle des grands marchands...

La troisième Guilde se réunit dans un cercle appelé cercle des petits marchands.

La noblesse va assez volontiers aux fêtes données au cercle des grands marchands, mais elle se garde bien par réciproque d'accorder aux marchands la permission d'aller aux fêtes des cercles nobles.

Le cercle des marchands est installé dans une

vaste construction située sur la Newsky Perspect ; ses salles reluisantes de dorures indiquent bien vite à celui qui les visite qu'il se trouve dans le temple du dieu Argent.

Le 15 décembre 1874, ce cercle était éclairé. *a giorno* ; il y avait, ce soir-là, bal masqué.

Beaucoup de femmes de la noblesse étaient venues à ce bal, par curiosité avaient-elles dit, mais, en réalité, pour donner rendez-vous à leur amant.

Aussi y avait-il un grand nombre de brillants officiers des chevaliers gardes, de la garde à cheval et du régiment Obrovoski, ces trois régiments sont formés exclusivement de jeunes gens nobles.

Rien n'est ennuyeux comme un bal masqué en Russie, l'art de l'intrigue spirituelle et malicieuse y est inconnu ; les Russes ne vont à ces bals que pour chercher la personne qui les intéresse ; dès qu'ils l'ont trouvée, ils se réfugient dans un coin où ils puissent causer à l'abri des oreilles indiscrètes, ou bien s'en vont souper dans un cabaret.

Cette foule silencieuse errant, en jetant des regards furtifs de droite et de gauche, fait penser à
une réunion de conspirateurs examinant soigneusement si des mouchards ne se sont pas glissés
parmi eux ; ou bien aux invités à un enterrement :
on cherche la chambre mortuaire.

Laissons la foule ennuyée et ennuyeuse et ne
nous occupons que d'un seul domino noir cachant
mal la taille élancée et la tournure gracieuse de
celle qui le portait ; elle errait depuis un quart
d'heure, d'un salon à l'autre, marchant vite, fu-
retant du regard les coins et recoins ; enfin elle
eut un geste de joie signifiant clairement : j'ai
trouvé, le voilà. Elle se dirigea rapidement vers
un jeune homme portant l'habit civil, et qui était
accoudé sur le marbre d'une cheminée. Il était
grand, il avait la mâle et régulière beauté des
Grecs, les grands yeux bleu foncé des Slaves,
son regard avait cette douceur rêveuse propre à
la race.

Le domino lui posa la main sur le bras, le jeune
homme tressaillit, eut cet air étonné d'une personne qu'on réveille brusquement.

— Que fais-tu là, Serge Mirianoff? lui dit le domino.

— Tu le vois, je rêve.

— A qui?

— Ceci, belle inconnue, est mon affaire et non la tienne.

— Qui sait?.. Peut-être rêvais-tu de moi!

— Sans savoir qui tu es, je puis te répondre non, et te donner cet avis charitable : Si tu es venue ici pour t'amuser, cherche un compagnon plus gai.

— Je suis venue pour causer avec toi.

Le jeune homme essaya de deviner qui était celle que le loup et un épais voile de dentelle dissimulaient, mais ses yeux même ne pouvaient qu'être entrevus à travers le voile.

Elle lui dit en riant :

— Tu ne me reconnais pas, ceci prouve que ton cœur est aveugle.

— Enfin, que me veux-tu, beau domino?

— Faire bonne connaissance avec toi.

— Merci, mais je connais déjà trop de femmes.

— As-tu rencontré ton idéal parmi elles?

— Non, mais je suis assez sage pour n'avoir pas la folle espérance de le trouver.

— Le bonheur vient en dormant, dit le proverbe, tu dormais presque tantôt, je t'ai réveillé et...

— Et tu te flattes d'être mon idéal! Tu n'es pas modeste, cher domino.

— Je dédaigne la modestie; elle n'est pas autre chose qu'un mensonge adroit qu'on fait pour essayer d'augmenter aux yeux des autres sa minime valeur.

— Tiens, tiens, c'est assez vrai ce que tu dis là! Serais-tu philosophe, ma belle inconnue?

— Oui, et je suis de l'école d'Aristippe, je suis mon caprice et ma fantaisie, je me fais l'artisan de mon bonheur, je le prends partout où je le trouve... ma loi suprême, c'est mon caprice.

— Et c'est ton caprice qui t'a conduite vers moi ce soir?

— Oui, depuis un an je te vois au théâtre, aux promenades; je te trouve beau garçon et je désire savoir si tu es spirituel et amusant... je satisfais

1.

mon caprice, et de plus je me venge... Viens souper avec moi.

— De qui te venges-tu?

— Tu es curieux... je me venge de mon fiancé
qui, à cette heure, est chez la petite Niniche des
Bouffes, au lieu d'être à mes pieds. Viens-tu
souper?

— Ma chère, je ne veux pas te voler. Je ne suis
ni amusant ni spirituel ; ta vengeance serait peut-
être la vengeance de ton fiancé, elle tournerait à
son avantage. Cherche un autre soupeur.

— Non, c'est toi que je veux.

— Un vilain mot! Si encore tu avais dit, je
désire.

— Eh bien ! c'est toi que je désire ; viens, le
souper nous attend, je l'ai fait servir avant de
partir.

— Alors c'est chez toi... et tu étais sûre que
j'irais?

— Certes !.. et sûre même que tu serais si heureux de ta bonne fortune que demain tu croiras
avoir fait un rêve féerique.

— Eh bien! ma chère, en fait de rêve, le tien ne

se réalisera pas ; je n'irai pas souper chez toi, je t'en donne ma par....

— N'achève pas, tu manquerais à ta parole ; laisse-moi te dire mon nom et nous verrons si tu refuseras encore.

Elle se pencha à l'oreille du jeune homme et lui murmura : Louba d'Askoff.

Serge de Mirianoff, en entendant ce nom, tressaillit ; un voile de pourpre colora son visage... puis il éclata de rire :

— Vraiment tu me supposes, cher domino, par trop naïf, si tu penses que je vais croire que cette belle princesse, ce doux miracle de beauté, va venir se jeter à ma tête, à ma tête à moi, pauvre avocat, noble seulement de par le fameux tchinn, et encore au dixième degré.

— Si je te prouve que je suis celle dont je viens de te dire le nom, me suivras-tu ?

— Au bout du monde, en enfer, partout !

— Cherchons un recoin isolé, où je puisse te montrer sans crainte mon visage, et tu verras que je suis bien Louba.

Elle l'entraîna dans l'embrasure d'une fenêtre,

se cacha derrière un rideau et souleva son
loup.

Il la regarda et il devint aussi pâle qu'un tré-
passé.

Il y a de ces bonheurs si forts qu'ils causent une
douleur atroce à ceux qui en reçoivent le choc.

La princesse Louba, fille unique du prince
d'Askoff, était une des plus belles, des plus sédui-
santes et des plus admirées jeunes filles du
grand monde russe, si riche pourtant en jolies
femmes.

Serge de Mirianoff l'avait vue au théâtre ;
comme tous les autres, il avait subi le charme, il
l'avait aimée, et il l'aimait encore, comme on aime
une vision, comme on aime la personnification de
l'idéal rêvé... Amour poétique, mais sans espoir !
Du reste lui-même nous dira bientôt de quel
amour ardent, insensé il aimait la belle Louba
d'Askoff, mais dès à présent on comprendra sans
peine son étonnement et l'immensité de sa joie,
en voyant soudain venir à lui celle qu'il n'avait
jamais pensé pouvoir approcher. Elle jouit un instant des sentiments qu'elle venait de faire naître

et qu'elle était trop femme pour ne point deviner,
puis elle remit son masque et lui dit :

— J'espère que tu vas venir?

Trop troublé pour être en état de prononcer
un seul mot, il lui offrit le bras et ils descendirent
en silence le grand escalier; arrivée au bas, elle
lui dit :

— Je vais rentrer seule, ma voiture et mes
gens sont là ; prends un iswochik, fais-toi conduire
sur le canal, l'entrée de service du palais se trouve
là. Dans une demi-heure, Niania, ma vieille nourrice, viendra te chercher et te fera monter dans
mon appartement où je vais t'attendre.

Il s'inclina profondément devant elle et quitta
le cercle des marchands. Elle appela ses gens qui
lui remirent sa pelisse, et elle remonta, calme et
fière, dans son superbe traîneau transformé en vrai
nid de zibeline.

CHAPITRE II

PREMIER SOUPER CHEZ LOUBA D'ASKOFF. — UN SINGULIER

AMOUREUX.

Dans un ravissant petit boudoir, tout fait de sa-
tin bleu et de guipures anciennes, et orné d'objets
d'art d'une grande valeur, une table avait été
dressée ; il n'y avait que deux couverts, mais une
telle profusion de vins fins, de truffes, de pièces
froides, de fruits et de sucreries, que douze personnes y auraient trouvé de quoi se rassasier ; la
profusion est une des principales lois du bon ton
en Russie, et la princesse d'Askoff était trop grande

dame pour ne pas offrir un repas pour douze
à celui à qui son caprice donnait à souper cette
nuit-là.

Elle avait quitté son domino, et mis ce qu'on
appelle avec raison *un déshabillé*, une ravissante
robe de chambre qui n'était qu'un nuage, un
fouillis, mais gracieux désordre et emmêlement
de mousseline blanche et de valenciennes jaunes.
Ce nuage laissait voir sous son léger tissu, des
épaules, des bras et une poitrine parfaits de for-
mes, et d'une blancheur rosée de peau rappelant
la carnation des babys anglais. Louba avait vingt
ans, sa beauté avait atteint tout son éclat. Elle
avait la figure un peu plate de la race kalmouke,
le nez tant soit peu écrasé, mais ce nez avait des
narines si roses et si voluptueusement frémis-
santes, que, tel qu'il était, on le trouvait idéalement
joli; ses yeux étaient d'un bleu si foncé qu'ils en
semblaient noirs; ils avaient un regard hardi, franc,
un de ces regards qui vont fouiller jusque dans la
conscience de ceux qu'ils fixent; son teint d'un
blanc rosé, était d'une merveilleuse fraîcheur, ses
lèvres fortes et sensuelles étaient d'un beau

rouge tranchant fortement avec la peau du visage ; ses dents blanches, aiguës, rappelaient
les petites dents de la vipère ; ses cheveux
luxuriants retombaient en boucles folles sur ses
épaules malgré le peigne de corail rose qui essayait de les retenir sur le sommet de la tête ; ils
étaient de ce blond si pâle qu'il rappelle plutôt le vieil argent que l'or ; cette nuance n'existe
qu'en Russie. Ajoutez à tous ces dons de la nature ce *je ne sais quoi* fait de grâce et de morbidesse,
et vous avouerez avec moi que la princesse
d'Askoff méritait bien le surnom de *Miracle de la*
beauté que les·hommes de Pétersbourg lui avaient
donné.

Nos soupeurs étaient déjà à table ; elle, sou-
riante, ne ressentant pas le moindre embarras,
faisant les honneurs de son souper avec une
bonne grâce parfaite.

Serge Mirianoff, assis en face d'elle, avait encore cet air étonné et charmé qu'aurait tout homme transporté subitement dans le palais de la
fée Beauté ; ses yeux se fixaient ardents sur la
jeune fille ; jamais il ne l'avait vue si belle, jamais

il n'avait rêvé qu'elle pût être si belle. Il se taisait,
on aurait dit qu'il n'osait parler, de peur de se ré-
veiller et de voir disparaître l'adorable vision.

Ils étaient seuls, Louba avait même éloigné sa
nourrice. Tout en servant son invité et en remplissant ses quatre verres, elle lui dit en riant :
— Écoute donc Serge, si tu restes ainsi silencieux
toute la nuit, le souper ne sera pas gai, il rap-
pellera celui de don Juan : *tu seras le commandeur.*

— Pardonnez-moi, princesse, mais je suis si
ému encore, et j'ai tant de choses à vous dire
que...

— D'abord, dis-moi tu, tout comme si j'avais
encore mon masque. La princesse d'Askoff n'a
rien à te dire, elle ne doit pas t'écouter, pas te recevoir ; il n'y a ici que la folle et capricieuse Louba, qui va te dire des folies, qui en fera, peut-être.
Dans deux heures, tu sortiras de mon palais, et tu
auras la bonté de croire que tu as rêvé ; tu oublie-
ras Louba, son souper et ses folies. Est-ce convenu ?

— Je te le jure, mais je n'oublierai jamais la
belle vision du rêve.

— Ceci te regarde. A présent, je vais te dire franchement pourquoi j'ai été te chercher, et comment il se fait que je te connaissais :

L'an dernier, le comte de Kranskoff et le comte de Ruminoff étaient dans une loge à côté de la mienne ; ils causaient haut, selon la détestable habitude de nos élégants, qui ont l'air de ne venir au théâtre que pour empêcher le public d'entendre ce qui se dit sur la scène. Ruminoff disait, en montrant une loge occupée par la grande toilette et la petite personnalité de Clàra des Bouffes :

« Voilà cette grue qui se fait réciter des vers par Mirianoff.

— Qui est ce Mirianoff ? demanda de Kranskoff.

— Un avocat qui a un peu du talent de Pouchine, mais qui pourrait bien devenir un Pestel ou un Ryléief si on ne le surveillait pas, lui répondit Ruminoff.

— Et cette petite sotte que le général P... honore de ses faveurs fraye avec ce monsieur ? s'écria de Kranskoff.

— Mais, riposta Ruminoff en riant, peut-être

moins sotte que tu ne la supposes, remplit-elle une mission du général P...; elle fait parler le jeune poëte. »

Je pris ma lorgnette et je te trouvai beau, distingué, la tête intelligente, l'air fier, si bien que je me dis : « C'est dommage qu'il ne soit pas de mon monde... » Pendant l'entr'acte, mon père entra dans ma loge ; je lui demandai qui étaient Pestel et Ryléief; pour la première fois, j'entendais prononcer ces deux noms.

Mon père me répondit avec humeur que j'étais une petite folle de prononcer le nom de ces deux hommes, et surtout en public, et il quitta ma loge, me laissant seule et fort intriguée. Chose singulière ; depuis, j'ai demandé à plus de dix personnes de m'expliquer ce qu'étaient Pestel et Ryléiéf; toutes ont eu un air contraint et n'ont répondu à ma question qu'en changeant de conversation. J'espère que tu vas, toi, satisfaire à ma curiosité.

— Pestel et Ryléiéf étaient des hommes de génie; cœurs nobles et généreux, ils avaient rêvé de sauver l'âme du peuple russe. Ils n'ont pu que

donner leur sang à cette œuvre sainte... Mais de
grâce, ne parlons pas de ces martyrs; à leur souvenir la colère fait bouillonner mon sang, et je
veux être ce soir tout à l'amour et au bonheur.

— Bien, n'en parlons plus, mais dès demain, je
commencerai à lire leurs œuvres.

— En cachette alors, sans quoi, tu deviendras
suspecté de douhk... (libéralisme).

— Moi, suspecte! Quelle folie, avec le rang
qu'occupe mon père, et avec le nom qu'il porte!

— Un grand nom en Russie, ne le sais-tu donc
pas, ne peut que rendre suspect; les forteresses et
les toundres de la Sibérie sont peuplées de grands
seigneurs.

— Quelle plaisanterie!

— Ce n'est point une plaisanterie, mais une
réalité; ignores-tu ce qui est arrivé le mois dernier au comte K...?

— On m'a dit qu'il était en voyage à l'étranger.

— Eh bien! il est à la forteresse, mais nul
n'ose le dire; l'autocratie ordonne de se taire sur
les actes qu'elle commet: on courbe la tête, on

garde le silence, car parler, dans notre patrie, est
une chose dangereuse.

— Que me dis-tu là ! Jamais je n'ai entendu de
telles choses ; il me semble que tu me parles d'un
pays inconnu.

— C'est que la Russie telle qu'elle est ne t'est
point connue ; tu n'as vu jusqu'à ce jour qu'une
Russie de parade. Mais, de grâce, laissons ce triste
sujet. Tu m'avais remarqué, me disais-tu tantôt,
et, dis-moi, chère âme, avais-tu compris que je
t'aimais à l'adoration ?

— Les jeunes filles devinent toujours ces choses-
là ; je te voyais pâlir, et rougir lorsque mon
regard se fixait sur toi et cela m'amusait beaucoup.

—Cela t'amusait ! Oh ! Louba, tu es cruelle.

— Mais oui, cela m'amusait, je me disais : « Ce
pauvre garçon, comme il m'aime, et quelle drôle
d'idée il a de m'aimer, à quoi cela lui servira-
t-il ? »

— Mais, Louba, on aime parce qu'on aime,
l'amour vous prend au cœur sans qu'on le désire,
et il ne sert à rien de se raisonner ; un vieil au-

teur français l'a dit : « le premier soupir de l'amour est le dernier de la sagesse. »

— Nous sommes d'une école différente. Je t'avais donc remarqué, et, j'avais compris que tu étais amoureux de moi, souvent je te regardais fixement pour faire enrager mes adorateurs, à qui je vantais ta beauté ; sans t'en douter, tu as été cause de ma rupture avec Kavolosky. Ce pauvre Nicolas, n'étant que mon fiancé, était jaloux comme un tigre ; mon mari, il serait devenu un Othello. Un soir, au théâtre Marie, il m'avait froissée ; je voulais me venger en excitant sa jalousie ; à plusieurs reprises je braquai ma lorgnette sur toi, il me dit que ce que je faisais était inconvenant. Je lui parlai avec enthousiasme de tes beaux yeux ; il se mit en colère et ce sentiment violent l'enlaidit tellement que lui riant au nez, je lui déclarai net que je ne l'épouserais jamais ; j'ajoutai qu'Othello étant noir de peau, il pouvait se mettre en colère sans danger, tandis que lui devenait horrible sous l'empire de ce sentiment. Notre mariage fut ainsi rompu.

Mon fiancé actuel n'est pas jaloux, lui, mais,

quel mauvais sujet! Hier il m'assure que sa mère
est souffrante, qu'il doit rester près d'elle, et qu'il
ne pourra pas m'accompagner au cercle des marchands. Naïvement je crois ce qu'il me dit, je voulais même renoncer à aller à ce bal. Mais voilà
que ma femme de chambre m'apporte une lettre
trouvée dans l'antichambre, elle était à son adresse
et toute ouverte, il l'avait laissée tomber en mettant sa pelisse. Reconnaissant une écriture fémi-
nine je l'ouvre et je lis ceci :

« Mon cher André, je ne sais rien te refuser, les
» diamants que tu m'as envoyés sont d'une si belle
» eau, viens donc ce soir, j'ai ma nuit libre.

« Niniche »

J'ai été furieuse pendant une heure. Refuser
de m'accompagner pour aller chez cette fille !
Cela me semblait une injure mortelle ; je lui ai
envoyé ma carte avec p. d. c. à mon fiancé, pour
donner congé à mon fiancé ! C'était original,
n'est-ce pas ? Et Louba se mit à rire aux éclats.

Serge Mirianoff écoutait la jeune fille en la

fixant de ses grands yeux rêveurs. D'abord son visage avait exprimé un profond étonnement ; puis,
la surprise avait fait place à une morne tristesse,
mais, toute à son bavardage décousu, Louba d'Askoff
ne s'apercevait de rien, et ce fut en riant qu'elle
continua : — Crois-tu qu'il est venu se jeter à mes
pieds, implorer mon pardon, ou bien encore qu'il a
essayé de me faire croire que la lettre ne lui était pas
destinée... pas du tout, il m'a écrit simplement ceci :
« Ma jolie fiancée a beaucoup d'esprit, elle me com-
» prendra parfaitement lorsque je lui dirai : Le passé
» ne regarde pas la femme, or n'étant encore que
» fiancé, j'ai le droit d'aller chez Niniche ; pour ma
» femme, qui, je l'espère bien, sera Louba d'Askoff,
» Niniche et cette nuit seront le passé. Du reste il
» ne s'agit que d'un caprice. »

C'était se tirer spirituellement, avouez-le, d'une
situation embarrassante ; j'aime l'esprit, et suis
d'avis qu'un mari n'est supportable que s'il a
beaucoup d'esprit, je pardonnerai, et j'épouserai
André de Z. Du reste, il est mauvais sujet et mes
amies qui sont mariées disent que les mauvais sujets sont amusants, mais j'ai trouvé de bonne

guerre et très-original de retourner contre lui
son argument ; son passé ne regardera pas l'épouse,
le mien ne regardera pas l'époux ; il a un
caprice pour Niniche et il soupe avec elle,
fort bien, moi, j'ai un caprice pour toi, et j'ai été
t'inviter à souper. Mais, grand Dieu, de quel air
me regardes-tu ! tu es sombre, maussade, tandis
que tu devrais être là, à mes genoux, pour me remercier d'avoir eu la pensée de t'associer à ma
vengeance, de t'en faire même l'agent principal.

Serge Mirianoff se leva, il était blême, et d'une
voix que la colère faisait vibrer il répondit :

— Louba, princesse d'Askoff, je dois en effet
vous remercier ; un amour sans espoir est une
triste chose et vous venez de me délivrer de cette
tristesse, mais les opérations même les plus salutaires sont toujours douloureuses ; celle que vous
venez de faire subir à mon cœur m'a bien fait
souffrir !

— Mais deviens-tu fou ? Quel singulier amoureux tu fais ! Tu m'adorais de loin, et voilà qu'en
me voyant de près tu me hais ! Me trouves-tu
donc moins belle, vue ainsi, qu'aperçue à distance ?

2

— Vous êtes belle comme on ne saurait être plus belle, mais je ne suis pas de ceux qui sont amoureux seulement du corps, de la matière. Voici pourquoi je vous aimais : en voyant votre idéale beauté, je m'étais figuré que l'âme était digne de l'enveloppe.

— Oh ! je connais cette phrase, Serge, tu vas me dire que j'ai l'âme d'un démon et le corps d'un ange, après tout, les démons sont spirituels, et je me flatte d'avoir de l'esprit plus qu'un ange.

— Non, Louba d'Askoff, vous n'avez pas l'âme d'un démon, car celui-ci sait haïr, mais il sait aimer aussi ; vous avez l'âme que devait avoir Messaline à quinze ans.

Sous cette sanglante insulte, Louba pâlit, elle se leva :

— Serge Mirianoff, vous m'insultez !

— Non, je ne vous insulte pas, je vous juge telle que vous venez complaisamment de vous peindre ; mais, pouvez-vous seulement deviner la torture que vous venez de m'imposer !... J'avais au cœur un amour ardent, insensé, mais noble et pur ; cet amour me faisait verser parfois des

larmes de rage, mais il me donnait souvent des joies
enivrantes. A cette ravissante jeune fille que j'aimais à l'adoration, j'avais élevé en mon cœur un
autel, je me complaisais à la doter de toutes les
vertus, je me disais qu'elle devait avoir le cœur
noble et pur, et je l'aimais de ce sentiment que
les Italiens vouent à la sainte Madone ; pour elle
j'aûrais donné, avec bonheur, ma vie ; j'aurais
subi la torture avec joie, pour lui éviter un
chagrin; eh bien ! vous venez de briser l'autel, de
souiller mon idéal... vous venez de me briser le
cœur !... Jamais, même dans mon rêve le plus fou,
je n'aurais demandé à mon idole de me payer de
retour, de me donner son cœur en échange du mien
qui s'était donné à elle, mais je suis un homme,
princesse ; par les sentiments et par l'intelligence je puis marcher de pair avec les plus nobles
et les plus grands seigneurs, et vous venez m'offrir d'être un jouet, d'être, vous venez d'osér le
dire, l'agent de votre vengeance, ou de votre
caprice, c'est vous qui m'avez insulté, princesse
d'Askoff !

Sa voix chaude, harmonieuse, vibrait ; son visage était superbe de fierté et d'indignation.

Louba le regardait, elle l'admirait, et pour la première fois, son cœur battait avec force.

— Non, non, reprit-il, vous ne pouvez pas comprendre le mal que vous m'avez fait en arrachant brutalement cet amour de mon cœur !... C'était ma vie à moi, c'était mon bonheur, cet amour-là !

L'émotion le gagna, et ce fut avec des larmes dans la voix qu'il dit :

— Un soir, il y a dix-huit mois de cela, je vous aperçus au théâtre Michel, vous aviez une robe bleu pâle, des myosotis dans les cheveux, vous m'apparûtes si idéalement belle, que je vous pris pour un être surhumain ; mes yeux ne pouvaient se lasser de vous regarder. Un trouble étrange s'emparait de mon être, mon cœur battait à se rompre dans ma poitrine, je ne voyais plus rien, je n'entendais plus rien. Pour moi, le monde c'était vous ; il me semblait que, nouvel Adam, je me réveillais à la vie. La représentation terminée, machinalement je suivis la foule. Sur la porte, vous passâtes à côté de moi, votre bras frôla le mien,

j'en ressentis une commotion étrange. A côté de
moi, on prononça votre nom, ce fut ma première
douleur : vous portiez un grand nom, moi je ne
suis noble que par la grâce du tchinn... et à la
huitième catégorie encore ! Un monde nous sé-
parait... Pourtant, je ne luttai pas ; je laissai
naître en mon âme cet amour sans espoir, et, à
partir de ce soir-là, aucune femme n'a plus même
attiré mon attention ; je n'ai plus dit à aucune
femme ce doux mot : « Je t'aime, » car mon cœur
était à vous, tout à vous, et moi, je ne sais pas
mentir. — J'allais partout où je pouvais espérer
vous apercevoir ; si je vous voyais, je rapportais
en moi comme un brillant rayon de soleil ;
travail, misère, tout me semblait doux. Mais, si
mon espoir avait été déçu, je rentrais morne et
désespéré ; la vie me semblait si vide de tout
bonheur, si fertile en peines amères, que j'étais
pris d'une envie folle de me suicider ; vous étiez
tout pour moi. Mais que dis-je ? Ce n'était point
vous que j'aimais ainsi... Oh ! non, c'était mon
idéal, c'était le corps de Vénus que mon imagination
avait orné d'une âme d'ange !...

2.

Mais, je suis fou. Que vais-je vous dire là, en quoi cela peut-il vous intéresser?... et est-ce votre faute à vous, si vous êtes tout autre que je vous avais rêvée !... Vous daigniez m'honorer d'un caprice, vous m'auriez pris aujourd'hui pour me rejeter demain loin de vous, et me dire : oublie tout... C'était trop de bonté encore de la part de la princesse d'Askoff... vous aviez raison; à genoux, j'aurais dû vous remercier... j'ai été un sot, j'en conviens... mais je vous aimais d'une adoration si ardente ! Chassez-moi, je le mérite... je vous demande pardon.

— Serge Mirianoff, dit Louba d'une voix grave et triste, je n'ai rien à te pardonner, mais j'ai à te demander pardon de n'être pas telle que tu me croyais...

Vois-tu, ce n'est pas ma faute, je suis ce que le monde que j'ai fréquenté m'a faite : j'ai pensé, j'ai parlé, comme j'ai entendu parler autour de moi. Je ne savais pas ce que c'est que l'amour, tu viens de me l'apprendre, merci ! Mon âme n'est point entièrement perdue, puisque je t'ai compris, mais elle est bien malade; veux-tu m'aider à la

guérir ? Tu viens de me faire comprendre que tu
me méprisais, que...

— Oh ! chère Louba...

— Ne dis pas le contraire ; si tu étais capable
de m'aimer telle que j'étais il y a cinq minutes, je
ne t'aimerais pas comme je t'aime ; je ne te demande
qu'une chose : me promettre que, lorsque je serai
devenue ce que tu avais cru que j'étais, eh bien !
tu m'aimeras comme tu aimais cette belle vision
de tes rêves !

— O Louba de mon âme, je me disais bien
que c'était impossible que, dans la plus séduisante
de ses œuvres matérielles, Dieu n'eût pas mis une
âme noble et pure ! Te voilà devenue telle que je
te rêvais.

— Pas encore, mais je le deviendrai un jour,
et alors tu me rendras ton cœur ; moi, dès cet
instant, je te donne le mien, je me donne à
toi tout entière. En m'apprenant ce que c'est
que le vrai amour, tu l'as fait naître en moi, je
t'aime.

— Tu m'aimes !... ne me dis pas cela, tu me
rendrais fou... Tu m'aimes... mais songès-y, hélas !

dans un mois, dans huit jours, tu seras la femme
d'un autre.

— Oh ! Serge, tu es cruel ; tu me crois encore la
Louba de tantôt. Je ne me marierai jamais, à moins
qu'un jour !... mais ceci est le rêve. Je le jure, je ne
suis plus la même femme, ton amour m'a transformée ; mais, pour devenir ce que je devrais, ce
que je veux être, j'ai besoin d'une influence salutaire, d'un guide. Veux-tu être le mien ?

— Je suis à toi, Louba, commande.

— Eh bien ! tu viendras deux fois par semaine,
les mardis et jeudis. Ces soirs-là, mon père va au
palais, je suis libre ; tu viendras ici, et, comme
aujourd'hui, Niania ira te chercher. Tu l'at-
tendras vers la porte, sur le canal ; nous souperons
ensemble, nous causerons, tu m'initieras à la vraie
vie, car je le sens, jusqu'à présent, je n'ai vécu que
d'une vie factice et fausse.

— Louba, ce que tu me proposes serait le ciel
pour moi, mais je t'aime sans égoïsme ; si ta nourrice parlait, tu serais perdue.

— Elle gardera fidèlement mon secret ; elle m'a
toujours été très-dévouée, et à présent plus que

jamais, car le mois dernier j'ai sauvé son fils de la Sibérie.

— Il avait donc volé?

— Non, mais il était compromis; il paraît que ce malheureux conspirait avec ces mécréants, ces infâmes nihilistes!

— Infâmes! mécréants! Est-ce là l'opinion que tu as des nihilistes?

— Ne penses-tu pas comme moi, Serge, que ces gens-là sont des misérables?

— Non, car je suis un honnête homme et je suis nihiliste.

— Tu es nihiliste... toi!... Mais alors, non-seulement on m'a faussé le sens moral, mais encore on m'a trompée sur tout. Dans quel but?

— Parce que tu es Russe, et qu'en Russie la vérité est condamnée à mort.

— Je ne te comprends pas, Serge.

— Tu ne peux pas me comprendre. Tu as vécu de cette vie de plaisirs à outrance qui est la vie officielle, presque la vie imposée, car celui qui veut être bien vu en Russie, doit passer sa vie dans le tourbillon des fêtes; celui qui s'amuse n'a pas le

temps de réfléchir, il n'a même pas le temps de
regarder dans les coulisses ; toujours en scène, il
ne voit rien, ne s'aperçoit de rien. C'est ce que
veut l'autocratie de fer qui nous écrase. Malheur
à celui qui pense, qui lit et médite, la Sibérie
l'attend !

— Mais j'ai beaucoup lu, Serge.

— Oui, des livres anglais, français, allemands,
des livres que la censure a daigné autoriser, mais
connais-tu nos grands poëtes nationaux ? As-tu
appris la sombre histoire de notre patrie ?

— Tu m'y fais penser, et c'est très-singulier : à
l'institut, on m'a fait apprendre l'histoire des Grecs,
des Romains, celle de France, mais pas un mot de
celle de Russie ; pourtant, on m'a parlé de Sainte
Olga, de Saint Wladimir, de Saint Monomaque, de
Saint Alexandre Newsky, qui ont été des hommes
illustres comme grands princes, et qu'on a canonisés
à cause de leurs vertus.

— C'est tout ce que tu sais de notre histoire ?

— Oui, Serge.

— Eh bien ! un jour je te l'apprendrai, moi,
l'histoire de notre patrie ; et alors tu com-

prendras comment l'esprit de révolte est entré
dans notre âme et nous a conduits au nihilisme. Tu
me demanderais ce que c'est que cette secte, je vais
te le dire en deux mots : Le nihilisme c'est le dése-
poir. Nous sommes des désespérés, nous souffrons
depuis neuf siècles ; depuis neuf siècles nous implo-
rons en vain le Dieu de justice et de miséricorde,
mais il ne nous écoute pas ; l'autocratie continue,
et au nom de cette Divinité de qui elle prétend
tenir le pouvoir, à nous humilier en nous tenant
sous un joug honteux, à disposer de nos vies, de
notre liberté selon son caprice... Lassés, exaspérés,
nous disons : si Dieu existe, il ne s'occupe pas de
nous, faisons nos affaires nous-mêmes ! Non, le mot
« néant » n'est pas employé par nous dans le sens
que lui prêtent nos ennemis, mais dans celui-ci, rien
de ce qui existe en Russie, ne doit y être conservé :
tout y est mensonge, abus, arbitraire, injustice,
tout doit être mis à néant, et il faudra édifier à
nouveau lois politiques, lois sociales, et lois reli-
gieuses ; jeter le mal à néant ; de ce chaos, fair
surgir le bien et la vérité, voilà notre plan !

— Il est superbe !

— Oui, notre plan est grand, notre mission est
sainte ; si tu connaissais nos idées et nos projets,
tu serais enthousiasmée et tu deviendrais nihiliste.

— Je serai ce que tu seras, Serge ; dès ce jour,
j'unis mon sort au tien.

— Je t'aime trop pour accepter ; les forteresses
et la Sibérie nous guettent, il y aura encore bien
des martyrs avant que le peuple russe ait conquis
sa liberté.

— Je serais heureuse de partager les dangers
qui te menacent !

— Merci ! Louba, mais mon amour saura les
éloigner de toi. Dis-moi, comment as-tu fait
pour sauver de la Sibérie le fils de ta nourrice ?

— Le jour même où Niania est venue tout en
larmes m'annoncer que son fils était emprisonné
et qu'il serait sans doute envoyé en Sibérie, — car
il était compromis politiquement pour avoir fréquenté des nihilistes, — je lui ai promis de
sauver ce pauvre Nicolas, et j'ai été trouver le
général Patapoff, grand-maître, tu le sais, de la

police secrète : « Mon général, lui ai-je dit, mettez
vite en liberté Nicolas Ifiendrish. »

— Mais c'est impossible, m'a-t-il répondu ; il
appartient à l'association des nihilistes.

— Il a tort, ai-je ajouté, mais je ne veux plus
voir pleurer ma nourrice ; Nicolas est mon frère de
lait, je l'aime beaucoup, mettez-le en liberté, je
lui ordonnerai de n'être plus nihiliste, il ne le sera
plus, je me fais sa caution.

Le général m'a dit aimablement que la caution
était trop belle pour qu'il pût la refuser.

— Si ces mouchards ne sont accessibles ni à
l'humanité ni à la pitié, ils le sont à la beauté, à
ce que je vois. Mais ne vas pas croire, Louba, que
tu obtiendrais si facilement la liberté d'un autre
nihiliste ; ce Nicolas est un pauvre garçon sans
influence et sans importance, voilà pourquoi on lui
a fait grâce. Tu demanderais en vain la liberté des
nobles et des savants qui gémissent dans les forteresses.

— Je n'aurais jamais cru que dans notre monde
il y eût des nihilistes, car, si on parle d'eux dans
nos salons, ce n'est que pour les flétrir.

3

— Pourtant, même dans ton entourage, parmi
tes amis et amies, il y a des nôtres, Louba ; seulement, traqués comme nous le sommes, nous devons
dissimuler ; en te confiant que je suis nihiliste, à
toi la fille du prince d'Askoff, un de nos plus
terribles ennemis, j'ai mis ma vie entre tes
mains ; une indiscrétion de toi suffirait pour m'envoyer aux mines, c'est-à-dire à la mort lente et
cruelle.

— Serge, je te le jure, ton secret sera bien
gardé. Du reste, ton secret est le mien ; tu es nihiliste, je le suis aussi, je te le répète.

— Et moi je te redis : Je ne veux pas t'exposer,
ma chère âme, aux dangers qui nous menacent ;
pour être des nôtres, il faut avoir la foi qui donne
le courage héroïque aux martyrs.

— Je l'aurai, Serge.

— Eh bien ! nous causerons. Je te dirai pourquoi nous conspirons et ce que nous voulons. Si
tu persistes, alors je recevrai ton serment, puis, je
soumettrai ton nom au comité de Pétersbourg et
si tu es acceptée, je te présenterai aux membres
du comité et tu recevras leurs ordres. Tu seras très-

étonnée de te trouver avec beaucoup d'hommes
et de femmes de ton monde.

— Comment ! je ne serai pas la première jeune
fille de grande maison dans votre conspiration ?
voilà qui me contrarie ! Eh quoi ! on conspirait, et
je n'en savais rien ? On se dévouait à une œuvre
glorieuse et je n'en étais pas ? Mais, dis-moi, comment ces femmes ont-elles été amenées à connaître vos croyances, puisque dans le monde où
elles vivaient on les connaît si mal qu'on vous
appelle de misérables fous ?

— Quelques-unes, de la même manière que toi ;
d'autres ont été initiées par leurs professeurs, dès
l'université ; les maitres de musique et de chant
ont aussi fait des adeptes ; enfin, tu le sais, depuis
longtemps, depuis que les Holstein Gattorp sont
nos autocrates, il faut être Prussien pour leur
plaire ; alors beaucoup de familles ont envoyé leurs
filles en pension à Berlin ou à Dresde : là elles ont
lu les œuvres des socialistes allemands, leurs professeurs leur ont parlé de la liberté ; voyant, du
reste, le sort des autres peuples européens, elles
ont rougi de honte et pleuré de rage, en com-

prenant l'horreur et l'humiliation de la situation faite aux soixante millions d'êtres humains
qui composent le peuple russe ; elles ont pensé,
réfléchi ; elles ont appris l'histoire de leur patrie,
et elles sont devenues nihilistes, c'est-à-dire
prêtes à sacrifier leur liberté et leur vie pour relever le niveau intellectuel du peuple et le sauver
de l'avilissement du servage. De retour ici, elles
se sont faites les apôtres du nihilisme, elles ont
converti des hommes et des femmes de leur monde.

D'autre part, les filles des petits employés ont
essayé de gagner leur vie dans les professions libé-
rales ; elle ont étudié le grec, le latin, les mathé-
matiques, afin de se faire médecins, aides-chirur-
giens ou professeurs : les professeurs sont tous ou
presque tous nihilistes, par la raison que, n'étant
pas étourdis par le tourbillon du monde et n'étant
pas abrutis comme nos viveurs par l'orgie et la débauche, ils pensent, raisonnent, sondent la gran-
deur du mal qui nous mine. Ces hommes ont
converti toutes leurs élèves à leurs idées ; la femme
est ardente au bien comme au mal, ces étudiantes
se sont vouées corps et âme à cette cause, elles ont

fait des adeptes dans les maisons où elles vont
comme professeurs. A l'heure qu'il est, je dois
avouer que la femme fait plus pour notre œuvre
que l'homme ; elle est plus adroite, plus persuasive,
et, j'en conviens avec fierté, aussi brave que lui devant la mort et la torture. Nous avons eu, hélas !
plus d'un traître parmi nous ; eh bien ! jusqu'à ce
jour, le camp féminin n'a pas compté un seul traître. Honneur à la femme ! Pour moi, si j'ai foi dans
le succès de notre révolution, c'est par la raison
surtout que nous avons la femme pour nous....

— Et, dis-moi, Serge, c'est en France sans doute
que vous avez puisé vos théories révolutionnaires
et ce sont ses institutions que vous voulez copier?

— Non, Louba, nous ne voulons copier personne ; les constitutions doivent être adaptées au
caractère du peuple ; une civilisation, pour être
durable, progressiste et salutaire, doit être *sui
generis* ; celle importée d'une nation ayant d'autres
instincts, un autre caractère, est plutôt malfaisante
que salutaire, en tout cas, elle n'est qu'à la surface !

L'autocratie a d'abord essayé de faire de nous
des Byzantins ; nous avons pris les vices de Byzance

sans perdre les nôtres ; cette civilisation a fait de
nous des grotesques qui, fils des régions glaciales,
ont essayé de singer les fils des régions de feu;
les mœurs et usages de l'Orient juraient sous notre
ciel terne.

Des vices et un ridicule en plus, voilà tout ce que
nous y avons gagné.

— Tu oublies que nous avons conquis à cette
civilisation l'art byzantin.

— Oui, un non-sens ridicule : des campaniles,
des colonnades grecques, des coupoles dorées, des
monuments enfin faits pour les cadres splendides
des sites de l'Orient, qui, chez nous, sont encadrés
dans des sites plats, désolés et mornes. A nos
steppes immenses, à nos régions aux neiges sans fin,
il faudrait des monuments majestueux, sévères ;
il faudrait des monuments fils du génie slave et
qui auraient ce caractère sombre, rêveur, fantastique, qui est le propre du slave, quelque chose en
architecture rappelant la littérature d'Edgard
Poë.

— Tu as raison, Serge, et, en tout, tes idées sont
justes et grandes ; je te comprends, je t'approuve et

je me demande comment toutes ces idées-là ne m'étaient jamais venues.

— Tu n'avais jamais eu le temps de penser, chère âme, et tu vivais avec des hommes soumis au grand système d'étouffement intellectuel.

Après la civilisation byzantine, l'autocratie de Pierre le Grand a fait de nous, du jour au lendemain des Anglais et des Français. Mais nous ne sommes parvenus qu'à être de mauvaises charges des modèles qu'on nous a imposés. La dynastie Holstein Gattorp nous a prussianisés à outrance ; sous peine de disgrâce, il faut, à présent, être Prussien. Eh bien ! nous protestons, à la fin ; nous voulons être Russes, et redevenir les Slaves de Novgorod la Grande. Les théories françaises, nous les connaissons, mais nous ne les adoptons pas ; elles ne sauraient convenir à notre patrie ; le génie slave est tout autre que le génie français. Nous préparons une révolution, mais elle sera conforme à nos idées et à la situation que nous a faite l'autocratie. En révolution, nous n'imiterons personne, nous serons nous, et le monde étonné ne comprendra pas ce qu'il se passe en Russie : l'Europe ne nous

connaît pas, elle ne soupçonne pas ce que nous
souffrons, et elle nous juge par ce que nous sommes,
et non par ce que nous pourrions être.

Une grande lutte commence entre la passivité
intellectuelle et la pensée. Le pouvoir dit : Ne
pensez pas, un seul homme a le droit de penser,
le czar ; et si le czar est atteint d'idiotisme, eh
bien ! toute la Russie sera régie par l'idiotisme ; si le
czar est, comme Ivan IV, atteint de folie furieuse,
eh bien ! soixante millions d'êtres humains seront
régis par ce fou et seront à sa merci.

Dans le peuple, il y a deux camps : celui qui
trouve qu'il est plus commode de ne pas penser,
de vivre dans l'orgie, et, comme l'orgie coûte cher,
les hommes de ce camp volent les caisses publi-
ques, se livrent à la concussion sur une échelle
colossale ; ils volent même l'Empereur qui hausse
les épaules en disant : Je dois laisser faire, c'est
par là que je les tiens.

L'autre camp est composé des hommes qui
veulent sortir de l'avilissement, qui veulent ces-
ser d'être esclaves et devenir des hommes ayant
le droit de penser et de discuter.

—Je commence à comprendre, Serge, et dès à
présent je dis : Je veux être dans le camp des
penseurs. Mais, hélas ! voilà la charmante nuit qui
nous abandonne, le jour se montre, bientôt le soleil va dorer l'horizon, mon Roméo, il faut nous
séparer.

Serge Mirianoff s'agenouilla devant la jeune fille :

— Louba, lui dit-il, tu as compris, n'est-ce pas,
combien est grand et puissant l'amour que tu
m'as inspiré ? Sonde bien ton cœur, dis-moi si tu
pourras m'aimer comme je veux être aimé.

— Sois tranquille ! Serge, tu m'as donné une
leçon d'amour, je te prouverai que l'écolière a
compris.

Ils se séparèrent ; la fidèle Nania reconduisit ce
singulier mais ardent amoureux par l'escalier de
service, et il put partir sans que nul ne se fût
douté de sa présence.

CHAPITRE III

DEUXIÈME SOUPER. — INITIATION. — MARIAGE A LA NIHILISTE.

Le jeudi suivant, Louba d'Askoff était encore dans son boudoir avec Serge Mirianoff. Il était minuit, ils étaient seuls ; la jeune fille était grave et sérieuse, elle avait mis un costume élégant mais sombre et modeste ; rien dans ses allures, dans son air, ni dans sa toilette ne rappelait la Louba du premier souper. Elle avait fait asseoir le jeune homme à côté d'elle sur un canapé :

— Ecoute, Serge, lui dit-elle, j'ai beaucoup réfléchi pendant ces deux jours-ci, et j'ai pris une grave résolution.

— Tu me fais peur, Louba.

— Le hasard a voulu qu'hier mon père parlât longuement du nihilisme devant moi, avec le général Troloff ; j'ai pu me convaincre qu'il était un des plus ardents persécuteurs des nihilistes, il s'entendait à merveille avec le chef de la police pour déclarer qu'il fallait se débarrasser de vous autres en vous traitant avec la dernière des rigueurs ; je commence même à croire qu'il a accepté la mission secrète de vous traquer. Ma situation va devenir très-difficile : mon père et toi vous êtes, en politique, deux ennemis mortels, enfin je vois que tu joues ta tête ou ta liberté. Tu m'as dit, l'autre jour que, pour être nihiliste, il fallait avoir la foi ardente, sincère, cette foi qui donne le courage héroïque aux martyrs : eh bien ! tu vas, ce soir, m'expliquer les griefs que vous avez contre l'autocratie, me dire ce que vous voulez mettre à la place de ce que vous voulez détruire, me parler de ces hommes dont vous continuez l'œuvre, me dire ce qu'étaient Pes-

tel, Ryléïef, Pouchkine, et Poulivoï, me parler
de leurs œuvres ; si la foi n'entre pas dans mon
âme, si ma conscience me dit que vous avez tort,
eh bien ! Serge, j'aurai le courage de faire taire
mon cœur et de n'écouter que ma conscience
et je te dirai : Mon bien-aimé, tout nous sépare ;
je n'entrerai pas dans le camp de mon père,
mais je ne puis entrer dans le tien. Continue
ton œuvre, puisque tu la crois bonne, oublie-
moi, sois heureux, moi, je n'aimerai jamais un
autre homme que toi, je vivrai et je mourrai avec
le cœur plein de l'amour que tu m'as inspiré,
mais, pour obéir à ma conscience, j'aurai le suprême courage de m'imposer les tortures d'un
amour malheureux.

Mais, si la foi entre dans mon âme, si je
trouve que votre cause est juste et sainte, alors
je te dirai : Mon Serge bien-aimé, ta foi est la
mienne ; comme toi je deviens nihiliste, avec toi
je combattrai dans l'ombre, et je combattrai au
grand jour lorsqu'il le faudra. Si tu vas en Sibérie,
j'irai avec toi ; si tu meurs pour notre cause, je
chercherai la mort en combattant pour elle, et

je mourrai heureuse en songeant que là-haut nous
serons réunis. Enfin si tu peux oublier la Louba
qui s'est montrée un soir à toi, avec une tête
folle, une conscience troublée et un cœur vide,
si tu peux encore m'aimer comme tu aimais la
Louba de tes rêves, devant Dieu, je te donnerai
ma foi, je serai ton épouse, ta compagne, ton
associée dans l'œuvre de libération.

— O ma bien-aimée, tu me fais entrevoir
un bonheur immense, j'en suis ébloui. Pour que
ce rêve d'or se réalise, il faut que je te communi-
nique la foi qui m'anime et me soutient : eh bien !
je le sens, ma raison et mon cœur me l'assu-
rent, tu seras des nôtres, tu seras à moi, car notre
cause est si noble et si sainte que, même si l'éloquence me fait défaut, elle triomphera devant ta
conscience.

Il se mit à genoux devant la jeune fille ; il
resta là longtemps et silencieux, baisant les mi-
gnonnes mains qu'on lui abandonnait, les mouillant de ses larmes. Quelle suprême éloquence
a parfois le silence ! Enfin il se leva :

— Que ne suis-je Pouchkine, que ne suis-je

Polivoï ou Ryléief ! s'écria-t-il, pour plaider devant toi la cause slave, et te faire comprendre que nous ne combattons que pour sauver l'âme de la Russie ! Cette âme est bien malade, l'odieux esclavage l'a ternie de son souffle empesté, et nous voulons lui rendre la vie.

Louha le fit asseoir à table en face d'elle, et, tout en préparant le thé, elle lui dit :

— Parle, Serge, mon âme, mon esprit et ma conscience vont t'écouter avec recueillement.

Il commença ainsi son réquisitoire contre l'autocratie :

— Avant de te parler des inspirateurs de la révolution de 1825 ; avant de te dire ce que sont les nihilistes et ce qu'ils veulent, laisse-moi t'esquisser en quelques mots l'histoire de notre patrie, te faire entrevoir les maux que lui a imposés l'autocratie, et tu comprendras que d'elle nous soyons lassés, et que nous aspirions vers la saine et vivifiante liberté.

Dès le neuvième siècle, la civilisation commençait à briller dans un coin de notre patrie : si on ne l'avait pas étouffée, elle aurait fini par étendre ses rayons, et toutes les provinces voisines de Novgorod en auraient été éclairées. Des Grecs d'Athènes étaient venus trafiquer avec les habitants des rives de la mer Baltique, puis ils avaient pénétré plus avant dans le pays ; ils avaient parlé des lois et des institutions d'Athènes, et, sur le modèle de la fameuse république grecque, Novgorod s'était fondée et constituée. Bientôt elle devint riche, florissante, comptant trois cent mille habitants ; elle avait trois villes vassales, Diel-el-zéro, Ischbor et Lodoga ; elle avait son corps législatif, des écoles qui longtemps sont restées célèbres, les arts y étaient cultivés. Mais, un jour, les confiants républicains, en guerre avec leurs voisins, appellent à leur aide les Varègues, Rurick vient à leur tête, entre dans la cité en ami et y reste en conquérant ; il asservit les Slaves, les Scythes, et jette ainsi les fondements de ce fameux empire russe.

Son successeur, Oleg, transporte le siège de l'empire au sud, à Kieff dont il s'empara aussi par trahison. Dans cette Capoue du Nord, les Russes oublient la civilisation de Novgorod, et, de celle

de Byzance, ils prennent les vices et la débauche asiatique. Oleg établit son camp à Kieff et de
là, va, plusieurs fois, essayer de piller Byzance. Oleg,
Olga, Vladimir, Yaroslaff sont comptés parmi les
célèbres grands princes de la première période ;
Olga créa l'administration, Vladimir a fait baptiser à
coups de knout tous ses sujets. Ailleurs, le christia-
nisme est entré dans les âmes par l'éloquence et
la persuasion ; chez nous, l'autocratie l'a imposé à
des païens qui ne connaissaient pas même le Christ
de nom, et ces païens ont dû recevoir le baptême
sans avoir appris rien de cette nouvelle religion.
Vladimir leur a fait distribuer des images, ils ont
cru que l'image, au lieu d'être un symbole, était
une divinité, l'idolâtrie de l'image a remplacé
le culte aux dieux païens.

Yaroslaff a doté la Russie du premier code
écrit ; un seul article te fera juger combien déjà
le despotisme de nos maîtres était dur et injuste :
il rendait tout le district responsable, lorsque
celui-ci ne pouvait pas livrer le coupable de
haute trahison ou la famille de cet homme.

Depuis, les autocrates ont souvent remanié le

code, mais tous ont laissé subsister, d'une façon
plus ou moins déguisée, cette responsabilité sauvage
et barbare, la famille entière punie pour le crime
d'un seul. Ainsi, lorsque, en 1825, la princesse
Troubeskoï qui, par dévouement, avait suivi son
mari condamné aux mines en Sibérie, vint se
jeter aux pieds de Nicolas, le suppliant de permettre que ses fils, pauvres êtres innocents de la
rébellion de leur père, pussent venir s'instruire
dans les écoles de Pétersbourg, le czar Nicolas
lui répondit durement, que les fils des galériens
ne seraient jamais que des galériens.

Et ces enfants, coupables aux yeux de Nicolas
d'être nés d'un père qui avait conspiré avec
Pestel, sont restés en Sibérie de malheureux
galériens.

— Galérien par naissance! mais c'est odieux,
Serge, jamais je n'ai entendu parler de cela. Je
ne savais pas même qu'un Troubeskoï eût été
condamné à la Sibérie.

— Ce fait est connu par tous ceux qui, en 1825,
avaient l'âge de raison, mais celui qui commettrait
l'imprudence d'en parler, irait, lui aussi, aux

mines, tout comme aujourd'hui, être parent ou simplement l'ami d'un conspirateur ou d'un suspect suffit pour vous faire jeter dans une forteresse.

Après ces cinq grands hommes, comme princes, la succession entre fils et ensuite celle de l'aîné, ont installé à demeure la hideuse guerre civile ; pendant deux siècles, le sang russe coule à flots, versé par des mains russes : les frères se dépouillent mutuellement, se tuent, des forfaits horribles sont commis par ceux qui osent se dire les représentants, sur la terre, du Dieu des chrétiens.

Ces princes appellent même l'étranger dans notre patrie ; les Polonais viennent les aider à se tuer et à se dépouiller entre eux, tout est barbarie et cruauté, le flambeau civilisateur allumé par les fiers républicains de Novgorod s'éteint dans le sang ; cadavres et sang russes servent d'engrais au sol russe ; cela dure deux siècles, fait naître la peste, épuise la nation ; les Tatares-Mongols en profitent pour la conquérir. Pendant deux siècles, nous subissons le honteux et dur servage des Mongols-Tatares. Nos grands princes, humbles, serviles envers les Khans, sont cruels et im-

placables pour nous; ils se font les collecteurs
d'impôts des oppresseurs, ils affament le peuple
pour avoir beaucoup d'or à porter à la horde
dorée et acheter ainsi des Khans la permission de
dépouiller les princes leurs rivaux. La lutte commence entre le souverain de Tewer et celui de
Moscou ; ces princes se servent des armes tatares
pour faire couler le sang russe.

Epoque de honte et de deuil. Le bien avait
fui notre patrie, la vertu s'était envolée au loin,
l'honneur était inconnu, la trahison, l'ambition,
la cruauté seules régnaient en souveraines.

La division s'étant mise au camp des Tatares,
les Russes, après deux siècles d'oppression, peuvent
s'affranchir ; mais, hélas ! leur sort ne s'améliore
pas : les Ivans fondent une autocratie de fer et
de sang copiée sur celle que les conquérants ont
exercée sur notre patrie ; ils continuent, à leur
profit, l'impôt de conquête. A partir de ce jour,
une seule volonté, une seule pensée règne en
Russie, celle de l'autocrate qui se pose en élu du
droit divin. Cet élu, comme Ivan dit le Terrible, fait brûler ou bouillir les nobles, massacre

en une seule nuit soixante mille personnes à Novgorod, ville où l'on se permettait encore de penser
et de regretter les lois d'Athènes. Il fait chasser à
coups de fouet, par une nuit de vingt-huit degrés
de froid, deux mille femmes et enfants tout nus,
dans une forêt, et les condamne à y mourir de
froid ; laisse les loups et les ours dévorer les cadavres de ces créatures humaines. Cet élu commet, à lui seul, plus de crimes que tous les tyrans
de l'univers n'en ont commis à eux tous et couronne
ses forfaits en tuant son fils à coups de hache.

Pourtant, on doit se taire; il faut même applau-
dir, mieux encore, adorer ce dieu terrestre.

A ce tigre succède un jaguar, le clergé russe
offre la couronne à Boris Godounoff. Ce nouveau
dieu terrestre fait assassiner Dmitry, jeune fils
d'Ivan, et comme la ville d'Ouglich, témoin de ce
meurtre, a osé frémir d'horreur, l'autocrate fait
passer tous les habitants de la ville au fil de l'épée :
femmes, enfants, vieillards, tout est massacré.

— Mais, Serge, s'écria Louba, tu me fais là des
contes d'ogre dont les nourrices épouvantent les
enfants.

— Louba, je ne fais que te citer à la hâte quelques-uns des crimes commis par nos autocrates. Si un jour, notre patrie devient libre, et si la vérité peut y reconquérir ses droits de cité, les annales russes en main je ferai un livre intitulé *Forfaits du Droit divin*. Ce livre plaidera mieux que cent volumes la nécessité de détruire le principe autocratique.

Après Boris Godounoff, commence une série de faux Dmitry, qui, à la tête de bandes d'aventuriers, veulent se faire nommer grands princes, la guerre civile règne. Les Polonais en profitent pour venir jusque sous les murs de Moscou, discuter le partage de notre patrie.... Trois grands citoyens la sauvent en réveillant le patriotisme du peuple. Ces trois citoyens représentaient les trois classes du peuple : l'un, Minime, était le fils d'un charcutier de Novgorod; l'autre, Pajarsky, était noblé ; Romanoff était le fils d'un moine. L'étranger chassé, les boyards et les nobles s'assemblent. Mikaïl Romanoff est nommé grand prince; bientôt cette nouvelle dynastie ne se contente plus de ce titre, elle prend celui de czar.

Les trois premiers règnes ne sont point san-
glants, ils sont même salutaires pour la Russie ;
mais avec Sophie, les crimes et les guerres recom-
mencent. Pierre Ier remplace l'autocratie de sang
par une autocratie de fer. Les Ruricks ont imposé
au peuple l'obligation de se faire Byzantins; Pierre
veut que du jour au lendemain tous les Russes
soient Franco-Anglais : barbe, costumes, coutumes,
usages, langage, tout doit être abandonné, renié.
Etre Russe est un crime à ses yeux ; le sang
coule, la Sibérie se peuple de vieux patriotes.
Ce despotisme, cette *cosmopomanie* transforment le
peuple russe en mauvaises charges de Français ; il
avait pris les vices de Byzance, il y ajoute ceux
de la France et de l'Angleterre. Elisabeth n'ayant
pas d'enfant adopte son neveu, le fils de Charles-
Frédéric, duc de Holstein Gottorp. Pierre III, Prussien de naissance, protestant de religion, épouse
une Prussienne, Catherine d'Anhalt Zerbs. Voilà,
la dynastie de Holstein-Gottorp, qui veut, elle,
faire des Prussiens de tous les Russes, la *soldama-*
nie devient du délire ; Paul Ier, pour une mauvaise manœuvre, envoie des régiments entiers

en Sibérie ; tout homme, grand seigneur, mar-
chand, employé, convaincu ou soupçonné de lèse-
autocratie est condamné à servir à vie comme
simple soldat ; le général en disgrâce, dégradé, devient soldat : mesure inique, et un mauvais moyen
de former une armée dévouée à l'autocrate,
car ces soldats par punition deviennent un élé-
ment révolutionnaire dans l'armée ; cette faute
maladroite sera pour nous une excellente
arme.

Pierre III s'entoure d'étrangers : pouvoir, hautes fonctions, sinécures, tout est donné aux Prussiens, et c'est l'argent russe qui paye le luxe des
étrangers.

C'est une Prussienne, c'est cette grande Catherine II qui a appris aux Russes à se débarrasser par
un crime de celui qui se disait l'élu de Dieu ; elle
fit empoisonner Pierre III en 1762, vingt-sept ans
avant que les Français aient fait monter Louis XVI
sur l'échafaud.

Paul Ier, fils de Catherine, était tellement grisé par
la possession de cette dangereuse autocratie, que,
se figurant être un dieu, il ordonna par oukase, que

tous ses sujets se prosternassent sur son passage ;
les femmes devaient quitter leur équipage et faire
trois profondes révérences ; plus d'une grande
dame a été publiquement battue de verges pour
n'avoir point obéi à cet ordre.

— Oh ! quelle horreur ! s'écria Louba. Et je
commence à comprendre, ajouta-t-elle, que vous
soyez lassés d'être ainsi traités ; si j'avais vécu sous
Paul Ier et qu'il m'eût infligé un pareil affront, je
crois que, pour venger mon honneur, je serais devenue régicide ! Est-ce pour le punir d'avoir osé de
pareilles choses qu'on l'a tué ?

— Les courtisans obéissent rarement à un noble
sentiment ; Dieu seul connaît le vrai mobile qui a
poussé Palhen et ses complices à commettre ce
crime.

Depuis que les Holstein-Gottorp nous gouver-
nent, la Russie n'est plus qu'un vaste camp,
tout Russe doit être soldat ; les hommes, ceux
qui restent au civil, sont menés militairement ;
l'autocrate est devenu un maître d'école ; pour
férule il a un knout ; pour cachots, les sombres forteresses ; nous ne sommes plus que des écoliers,

ne pouvant ni marcher, ni parler, ni même penser sans la permission du maître.

Tambour battant, on fait de nous des soldats !
Etre soldat chez nous, ce n'est point, comme ailleurs, servir sa patrie, faire acte de bon citoyen, mais
c'est être transformé en automate que le caprice
du pouvoir fait mouvoir à son gré. Si l'automate
comprend mal le mouvement indiqué, s'il a le
malheur de l'exécuter maladroitement, ou enfin
s'il se permet de penser et de juger l'iniquité de
l'autocratie, il est knouté, emprisonné ou déporté.

Cet automate ayant la sensibilité, souffre physiquement ; étant doué par Dieu du raisonnement,
il souffre moralement; sa vie se passe à être écrasé
par ces deux angoisses; alors, pour s'étourdir, il
boit jusqu'à l'abrutissement, il se jette dans la
débauche intense qui conduit, elle aussi, à la mort
de l'âme et à celle du corps.

La souffrance rend l'homme mauvais ; l'esclavage fait de lui un être rusé, perfide, faux, il dé-
veloppe tous ses mauvais instincts. Ne pouvant
chercher ses distractions dans le domaine élevé
de l'intelligence, il les cherche dans les plaisirs

4

grossiers des sens ; pour se les procurer il lui faut
de l'argent, il veut en avoir à tout prix. Si tu
scrutes, ma chère Louba, ce monde qui t'a paru
beau, par la raison que tu ne l'avais pas étudié,
mais jugé lorsqu'il fait parade, tu seras, comme
nous, épouvantée de ce qu'est devenue la conscience
de la Russie. Le vol se pratique sur une grande
échelle ; le moujick vole la pelisse de l'ivrogne endormi ; il faut des portiers extérieurs pour protéger le cuivre des sonnettes, les marteaux des
portes ; le cocher qui s'endort sur son siége trouve,
à son réveil, son traineau démonté, dégarni des
banquettes ; le collecteur d'impôts vole l'Etat,
vole les contribuables ; dans l'armée et dans la
marine, il existe le pillage hiérarchique ; chaque
officier vole selon son grade ; ceci s'appelle l'art
des mains creuses ; le grade est envié, moins pour
l'honneur qu'il confère qu'à cause des dépréda-
tions qu'il permet ; le capitaine ne peut voler que
sur une petite échelle, le maréchal vole sur une
vaste échelle.

Les uns fraudent sur les vivres, sur les habil-
lements ; ils vivent dans le luxe, sans que leur

conscience s'inquiète des morts et des maladies qu'ils causent. Ils mettent dans leur poche l'argent du fourrage, et les chevaux meurent ; ils s'approprient celui destiné aux réparations du matériel, ou à son achat ; les officiers instructeurs laissent les soldats dans leur ignorance et les font travailler pour leur compte ; les commandants se font payer l'entretien d'hommes n'ayant jamais figuré que sur le papier.

Nicolas a constaté que des amiraux, directeurs des arsenaux, avaient vendu les canons qui leur étaient confiés.

Vingt fois sur trente, le courtisan, chargé de remettre un bijou à un artiste ou à un ambassadeur, le change pour un de moindre valeur ou remplace les diamants vrais par des faux.

Notre police est vénale, on peut dire qu'elle est le fléau le plus grand de notre patrie ; mal payés, ses nombreux agents vivent pourtant dans le luxe. Le bandit qui arrête un voyageur dit : La bourse ou la vie ; nos policiers disent : De l'argent ou je te déclare suspect. Notre petit commerce est ruiné par eux ; malheur à celui qui refuse de se laisser

exploiter, il devient en butte à mille vexations et
amendés, et souvent, innocent, il va mourir dans
une citadelle. Les voleurs ne sont jamais retrou-
vés par la bonne raison qu'ils travaillent de
compte à demi avec la police.

La police secrète est, chez nous, la chose la plus
ignoble du monde. C'est la grande démoralisatrice
de la conscience russe. L'homme ruiné au jeu, la
femme avide de luxe va à la troisième section
vendre son honneur, sa conscience. On leur donne
de l'or et ils deviennent de misérables espions ; ils
font parler, écoutent aux portes, surprennent les
secrets, essayent de scruter les pensées de leurs re-
lations et de leurs amis. Agents provocateurs, ils
poussent aux murmures, à la rébellion, à la criti-
que, puis ils vont faire leurs délations. S'ils n'ont
rien à dévoiler, ils inventent ; ne faut-il pas qu'ils
gagnent leur argent ? Malheur à ceux à qui ils en
veulent ! Par de fausses délations ils les font empri-
sonner ou déporter.

Ils se débarrassent de leurs créanciers de cette
façon.

— Mais, c'est infâme, Serge, et, dis-moi, dans

quel monde trouve-t-on ces misérables espions?

— On les trouve surtout dans le grand monde, ma chère Louba ; ils vont à la cour, espionnent même les grands-ducs et les grandes-duchesses. D'autres sont envoyés à l'étranger ; le Russe qui voyage est épié jour par jour, heure par heure; malheur à lui s'il dit un mot qui froisse l'autocratie!

— Mais, c'est odieux ! Eh quoi ! je serais exposée à serrer la main à ces êtres vils et infâmes?

— Oui, Louba, tu dois en recevoir chez toi ; ton père a une trop haute situation pour n'être pas espionné. Le mouchard, en Russie, se rencontre à la cour, dans les salons, dans les bureaux des journaux, dans les coulisses des théâtres, dans les magasins, dans l'armée, et ils sont dans toutes les villes étrangères fréquentées par les Russes. Le mois dernier, la comtesse de V... racontait à huit de ses intimes une histoire scandaleuse arrivée à un grand prince et lui faisant peu honneur. Ses amis rirent avec elle, ne se gênèrent pas pour blâmer le prince ; mais, l'un d'eux appartenant à la troisième section, il fit son rapport. Le lendemain, la

comtesse, mandée à la police, s'entendit signifier
un ordre d'exil dans ses terres.

— Oh! s'écria la jeune fille, notre pays est
donc maudit de Dieu !

— Voilà, continua Mirianoff, ce que nous voulons détruire. On nous accuse de proclamer le
néant, de vouloir renverser la religion russe :
voyons ce qu'est cette religion. Il y a, dans notre
patrie, la religion officielle, le gréco-russe qu'on
peut appeler l'idolâtrie des images. La pratiquer,
c'est exécuter souvent la gymnastique des signes de
croix et faire fumer nuit et jour une lampe devant
les images.

La Russie se confesse et communie en masse
à Pâques, cela prouve-t-il que nous soyons
dévots ? Non, car l'autocratie nous impose ce devoir
religieux. Celui qui n'a pas un billet de confession, constatant qu'il a fait ses pâques dernières,
ne peut ni tester ni hériter. Voilà un despotisme
odieux, car il atteint la plus sacrée des libertés,
celle de la conscience.

Cette autocratie atroce a si bien démoralisé
l'âme russe, que beaucoup de ces hommes fai-

sant vingt signes de croix par minute pour obéir
au czar, appartiennent à des sectes aussi barbares
qu'immorales. Nous avons, dans notre pauvre
patrie, plus de deux cents sectes, désignées sous
le nom de Starovertzi. Celles qui comptent le plus
d'adeptes sont d'abord celle des Scoptzi chez
lesquels la mutilation est en honneur ; celle des
Chistes qui pratiquent la communauté des femmes ;
celle des Sabatniki, dont les sectaires s'adonnent
à l'antique magie.

Les Kaskolnikis d'Archangel communient avec
le corps d'un enfant nouveau-né ; d'autres communient avec le sein d'une jeune vierge que des
Mégènes vont couper.

Les Malakamis creusent de grands fossés, les
entourent de paille et de bois sec, puis ils se cou-
chent par centaines dans ces fossés, mettent le feu
aux pailles et se laissent brûler. Ils croient qu'en
faisant ainsi calciner leur chair et leurs os, leur
âme s'envolera pure vers Dieu, et ira au paradis.

— Mais, Serge, tout ce que tu me dis là me
confond. Jamais je n'avais entendu parler de ces
monstruosités.

— Voici pourquoi, Louba, les czars ne veulent savoir que ce qui leur plaît ; n'as-tu pas entendu citer ce trait fameux de courtisanerie ?

La grande Catherine, voyageant, une année, au milieu des steppes, trouva ce spectacle triste. L'année suivante, elle devait les traverser encore ; les courtisans s'empressèrent au moyen d'une heureuse fantasmagorie, de simuler de droite et de gauche de gais et riants villages ; Catherine put dire : Mes désirs sont des ordres, ma volonté à le don de vaincre même l'impossible.

— Mais tout est donc faux, chez nous ?

— Oui, Louba, l'armée n'est pas seule con-damnée aux parades, la Russie entière doit parader ; tel est l'ordre de son maître.

Comprends-tu que toutes ces turpitudes, que tous ces abus, que tous ces excès de pouvoir nous donnent le désir de mettre à néant tout ce qui existe en Russie, et de relever le moral russe par l'instruction et par une saine liberté ?

— Oui, je comprends et j'approuve, répondit la jeune fille.

— Je rends justice à ceux de ta caste, Louba,

continua Serge Mirianoff ; ce sont des gentils-
hommes qui, les premiers, ont compris que celui
à qui Dieu accordait le don d'écrire, devait exercer
un sacerdoce, et ne pas considérer ce don comme
un moyen de briller ou de s'enrichir, mais qu'il
devait voir en sa plume une sorte d'arme, et s'en
servir pour défendre les opprimés, combattre les
abus et flageller le vice.

Griboïédoff, qu'on peut appeler le Molière
slave, s'est attaqué avec une fine raillerie et une
verve endiablée aux vices de ces hommes qui
oublient la honte de l'esclavage dans les orgies.
Dans sa pièce de *Goré-ot-ouma*, il a prouvé que
l'âme de notre patrie était encore vaillante et
forte, puisqu'elle reconnaissait et déplorait ses
vices ; l'autocratie lui a prouvé, elle, en l'exilant,
que l'esprit n'avait pas ses droits de cité en Russie.
Le grand homme est mort simple soldat au
Caucase.

Gogol a été un penseur. Dans les *Ames mortes*
il signale l'odieuse injustice du mécanisme ad-
ministratif. Dans le *Réviseur* il peint l'être abstrait
du tchinovnik (employé). Pour avoir oublié que

dans notre patrie on ne doit ni critiquer ni ap-
profondir, ni réfléchir, ni même penser, Gogol
est devenu un suspect, il a eu la vie et la mort du
suspect.

Mais c'est en Pouchkine que l'âme affolée de
notre chère Russie semble s'être incarnée. Par la
bouche du poëte cette âme s'est écriée : « Je souffre,
je m'étiole, mais je ne suis pas morte ; le réveil
vient me délivrer ; alerte ! prenons notre essor,
brisons nos entraves, l'espace est devant nous,
élevons-nous ! »

Le poëte débute par une ode libérale, il ose prononcer le mot « liberté ». Son ode est patriotique,
elle révèle le génie de son auteur ; si ce grand
poëte avait été Français, Allemand ou Anglais,
on lui eut donné décorations et honneurs ; l'autocrate Nicolas a fait bâtonner la divine muse
dans la personne de son favori.

— Comment ? bâtonner ! Que dis-tu ! s'écria
Louba, belle d'une sainte indignation.

— Oui, Pouchkine reçut vingt-cinq coups de
knout et fut exilé au Caucase, par les ordres du
czar.

— Oh ! c'est infame, c'est monstrueux ! La force brutale, arrivant à pouvoir vaincre la force intelligente ! Comment Dieu peut-il permettre cela ! murmura la jeune fille.

— A partir de ce jour, continua Serge Mirianoff, le poëte ne chante plus, il pleure : « Je ne vois pas de but devant moi », écrit-il.

Dans les strophes suivantes il peint les angoisses de son cœur, l'ironie sanglante que lui inspirent ceux qui n'ont pas su le comprendre et le respecter, il peint aussi le triste état moral du peuple russe :

« Un poëte inspiré chantait en touchant d'une
» manière insouciante mais habile, les cordes de
» sa lyre. Il chantait et la foule orgueilleuse et
» froide l'entourait en qualité de juge ; ce peuple
» profane l'écoutait avec une stupide curiosité
» et disait : Tu fatigues les cordes de ta lyre et
» nos oreilles ; quel but te proposes-tu? Ces sons,
» que racontent-ils, qu'enseignent-ils ? Sorcier,
» ton chant est libre, impétueux comme le vent,
» comme le vent, il est stérile.

» Tais-toi, peuple stupide, esclave volontaire,

» ta parole me fait mal au cœur. Ver sorti de
» terre, qu'as-tu de commun avec les enfants du
» ciel? A toi la nourriture et le gain ! Tu esti-
» merais la statue de l'Apollon du Belvédère
» d'après le poids du marbre !

» Mais si tu es le favori du ciel, si tu es
» l'envoyé du Seigneur, tu dois mettre ta puis-
» sance à notre service. Forme le cœur de tes
» frères ; nous sommes méticuleux, astucieux,
» impudiques, ingrats et méchants, nous nous
» sentons le cœur de boue, et l'âme pleine de
» pourriture. Toi rempli de l'amour du prochain,
» tu peux nous donner des leçons sévères ; nous
» promettons de t'écouter.

» Allez-vous-en ! que pourrait faire de vous
» un poëte? continuez à vous pétrifier dans votre
» bassesse. Je n'ai pas la force de vous donner
» l'âme et je sens dans votre souffle l'air empesté
» des tombeaux. Vous avez pour vous corriger le
» fouet et la hache ; cela doit vous suffire, vils es-
» claves.

» Dans nos villes, on fait balayer chaque
» rue, mais avez-vous jamais vu le prêtre quitter

» le saint sacrifice et prendre le balai pour vous
» faciliter le chemin de la vie ? Nous ne devons pas
» être utiles au public; et nous, poëtes, nous ne
» sommes point faits pour lutter avec la main
» brutale (le cher poëte se souvient de l'injure que
» lui a fait imposer le czar) ; il ajoute : Dieu nous
» a envoyés ici pour que nous nous répandions en
» harmonie et en prières. »

— Pouchkine, ma chère Louba, a été notre
Shakespeare. *Roustan et Lunula, le Prisonnier du
Caucase, la Fontaine des pleurs, Doris Godounoff*
sont des chefs-d'œuvre ; dans *Onéguine* il a peint
le moral de notre peuple ; son héros est un type,
et ce type, c'est le peuple russe écrasé moralement et physiquement par l'autocratie.

Onéguine est un homme doué de la puissance de
mouvement et à qui l'autocratie dit : Sous peine de
mort tu ne marcheras pas; un homme doué d'en-
tendement et à qui l'autocratie dit : Sous peine
de mort tu ne penseras pas; un homme doué des
organes de l'articulation et à qui l'autocratie dit : Sous peine de mort tu ne parleras pas ;
un homme que la soif dévore, qui voit devan

5

lui une source limpide et à qui l'autocratie dit :
Sous peine de mourir broyé par le knout, tu ne
boiras pas !

Voilà le Russe intellectuel, voilà Pouchkine, nous
voilà nous tous qui pensons, et qui sommes doués
par Dieu.

Conrad Ryléïef, un grand seigneur aussi, se
sentit envahi de la foi du martyre ; il voulut essayer
de guérir l'âme russe, de la vivifier, de la sauver
de cet esclavage honteux, mais il devina qu'il paye-
rait de sa vie cette noble pensée, et il annonce ainsi
sa propre destinée dans *la Confession de Nolivaï
ko* :

« Le peuple gémit en vain dans les fers : il n'ex-
» prime que des plaintes inutiles. O mon père ! la
» haine qui gît à notre égard dans le cœur des
» Polonais s'est emparée de moi, et mon œil
» est devenu rêveur, morne et sauvage. Mon âme
» languit dans la servitude qui l'oppresse. Nuit et
» jour, une seule pensée me poursuit comme une
» ombre. Elle m'agite dans le repos du champ pa-
» ternel, et dans la chaleur de la mêlée, et pendant
» la prière au pied des saints autels : « Il est

» temps, murmure incessamment une voix
» secrète, il est temps d'immoler tous les tyrans
» de l'Ukraine. »

» Je ne l'ignore pas : un abîme s'ouvre devant
» le premier qui s'élève contre les oppresseurs
» d'une nation ; le destin m'a choisi, mais, dites-
» moi, dans quels pays, dans quelle nation l'in-
» dépendance reconquise n'a-t-elle pas voulu des
» victimes? Je mourrai pour le pays qui m'a vu
» naître. »

Ryléïef, grand cœur, animé du plus pur patriotisme, se lia avec Pestel, fils d'un gouverneur de la
Sibérie, qui rêvait, lui aussi, la libération de sa
patrie. Celui-ci, homme politique et pratique, chercha le système le meilleur à édifier sur les ruines
de l'autocratie. Il fit le plan d'une république fédé-
rative devant unir tous les Slaves. Ce n'est point
le 89 français qui lui inspire cette forme gouver-
nementale ; non, il l'adopte en souvenir de Novgorod, et aussi parce qu'elle répond aux instincts
de la race slave.

Ryléïef se rallie au plan de Pestel ; la société du
Nord se forme ; à sa tête elle a des intelligences

saines, des hommes honorables et qui portent les
grands noms de la Russie : ce sont les Michel Orloff,
le prince Obolensky, Mouravieff-Apostol, Rumine,
Bestoujef. Les conjurés doivent avoir des complices dans toute la Russie avant de tenter leur
œuvre libératrice. Mais la mort d'Alexandre les a
surpris avant qu'ils fussent prêts ; des dénonciations avaient été faites, ils durent tirer le sabre,
prenant le nom de Constantin comme prétexte. La
révolution avorta à Toultchine et à Moscou, Pestel
arrêté dans cette ville, confia son code à un ami :
Je vais mourir, lui dit-il, mais ceci n'est rien, que
mon code vive !

— Il vivra, Louba ; si nous mourons avant de
l'avoir appliqué, nos fils le proclameront ; s'ils
trouvent la mort ignominieuse en se vouant à
cette œuvre sainte, eh bien ! nos petits-fils auront
le bonheur d'écraser cette autocratie de fer.

Pestel, Ryléief, Mouravief-Apostol, Michel Bes-
joujef, Pierre Kakofski et Rumine furent arrêtés,
conduits à Pétersbourg.

Nicolas avait une belle occasion de calmer les
mécontents, d'adoucir le sentiment de haine des

hommes de, progrès contre l'autocratie ; il pouvait
accorder une amnistie, comme don de joyeux avé-
nement, cela eut été humain et politique ; mais
Nicolas était dur ; implacable ; des régiments entiers
furent envoyés en Sibérie, une province entière,
femmes et enfants compris, y fut déportée ; les
chefs, tous ces hommes que je viens de te nommer,
furent condamnés par lui a être écartelés... écartelés, en plein dix-neuvième siècle ! Tous avaient
été officiers, ils demandaient à mourir en soldats.
Tout ce qu'ils obtinrent, grâce encore à l'influence
des ambassadeurs résidents à Pétersbourg, ce fut
d'être pendus, au lieu d'être écartelés.

Par une triste journée de décembre 1825 un
énorme bûcher était allumé sur l'esplanade qui
s'étend devant les murs de cette lugubre forteresse, qui sans cesse nous menace de ses noirs
cachots, et qui a pour geôliers des squelettes de
tous les autocrates russes, des dynasties Roma-
nopp et Olstein Gottorp.

La garde impériale morne et sombre était ran-
gée autour de ce bûcher ; cette arme composée de
la noblesse du pays, devait assister, de par

l'ordre de Nicolas, au supplice infamant de sept
des siens.

Les condamnés s'avancèrent escortés de bourreaux, de juges et de prêtres ; cinq des condamnés
portaient encore le costume militaire, on avait
recouvert les autres d'une longue chemise noire
et d'un capuchon noir.

Au milieu d'un silence sépulcral un juge lut la
sentence, puis ceux qui portaient l'uniforme furent
dépouillés de leur épée et de leurs décorations :
l'épée fut brisée sur leur tête, les épaulettes et les
décorations furent jetées dans le bûcher, on rem-
plaça leur uniforme par une casaque de galérien ;
ceux-là avaient la vie sauve, ils devaient aller à la
chaîne mourir lentement dans les mines de la
Sibérie.

Oh ! la Sibérie ! De ce pays malsain l'autocratie
s'est fait une arme de supplice ; mais un jour viendra, où l'arme se retournera dans les mains du
bourreau et le tuera. Le czar y envoie par milliers
des hommes, des femmes, des jeunes filles, des
régiments, des provinces entières ; le nombre de
ces martyrs augmente chaque année et là-bas ils

mettent des enfants au monde, qui sont, comme
je te l'ai dit, galériens par naissance. Cinq cent
mille victimes de l'autocratie souffrent et maudissent... c'est une armée qui se forme et qui, à un
jour dit, viendra nous donner la main pour étouf-
fer le mal, pour détruire le despotisme brutal.

Lorsqu'on eut achevé de faire des galériens de
ces grands patriotes, un roulemént de tambours
annonça aux bourreaux qu'ils pouvaient saisir
leurs victimes.

La strangulation réussit pour Kakofski et Pestel,
mais la corde ayant glissé sur les capuchons qui
recouvraient leurs têtes, Ryléïef, Rumine et Mouravief-Apostol retombèrent pêle-mêle sous la po-
tence, blessés, ensanglantés; ils durent remonter
les degrés et subir le supplice une seconde fois...
Ryléïef, pour dernier adieu, lança un anathème
contre sa patrie, où, s'écria-t-il, on ne savait ni
conspirer, ni juger, ni pendre.

Depuis ce moment, l'autocratie a redoublé de
rigueurs; des milliers d'hommes se sont vus devenir suspects, leurs fils le sont encore aujourd'hui,
ce surcroît d'arbitraire a augmenté le nombre des

mécontents et rendu plus vifs leurs désirs de
lutter. Sous le nom de Slavisme national, on a
poursuivi l'œuvre de ces martyrs ; le but de ce
mouvement a été d'abord de réagir contre l'influence étrangère et contre le mécanisme des institutions existantes, c'est-à-dire contre l'autocratie. Celle-ci n'a pas d'abord compris que le
Slavisme national voulait sa mort, elle a cru le
réprimer en lui donnant une autre direction et
elle a créé le Panslavisme officiel, qui veut, lui,
rattacher sous sa main de fer les quatre-vingts
millions de Slaves disséminés en Russie et en
Pologne.

La formule du Panslavisme officiel est donc :
centraliser le mouvement slave dans la personne
du czar.

Pour qu'il n'y eût point de confusion, nous
avons changé le nom de notre mouvement : de
slavistes nous nous disons à présent socialistes ou
nihilistes, le nom n'est qu'un mot, notre but est
celui de Pestel de Ryléïef, de Rumine : détruire
cette autocratie de sang et de fer, rendre à l'âme
russe les vertus que l'esclavage a détruites en elle,

et devenir enfin des hommes libres, donner à la pensée et à la vérité leur droit de cité.

On nous dit : Alexandre II a aboli l'esclavage et ceci prouve qu'il est libéral ; nous répondons, nous, à cette phrase : Alexandre a débarrassé les serfs du joug des seigneurs, c'est vrai ; mais au lieu d'en faire des hommes, il en a fait les esclaves de l'autocratie. Ils n'ont gagné aucune liberté ; il a agi ainsi pour continuer le système des tyrans, un seul maître, le czar. Aujourd'hui, anciens serfs, bourgeois, savants, seigneurs, nous ne sommes tous que des esclaves ; notre vie, notre liberté, notre conscience sont à la merci du caprice du czar. Voilà, Louba, ce que nous sommes et ce que nous voulons !

L'émotion faisait trembler la voix de Serge Mirianoff, car il attendait son arrêt ; d'un mot la jeune fille allait lui donner un bonheur immense, ou le plonger dans un morne désespoir.

Louba, princesse d'Askoff, se leva ; et, fixant ses grands yeux ardents d'enthousiasme sur ceux du jeune homme :

— Serge, lui dit-elle, viens embrasser ta

5.

sœur en religion, viens embrasser ton épouse.

Éperdu il saisit la jeune fille dans ses bras, longtemps il la serra sur son cœur, mouillant de ses
larmes ses beaux cheveux qu'il couvrait de bai-
sers fous.

Elle pleurait aussi, ils confondaient leurs larmes
dans le premier embrassement. Enfin, s'arrachant
de cette douce étreinte, il lui dit :

— Louba, je serais un lâche égoïste si je ne te
prévenais pas des dangers qui entourent les nihilistes et des supplices qui les attendent.

— Serge Mirianoff, tu me fais injure, si tu penses
que les dangers et les supplices peuvent m'arrêter.
Votre cause est noble et sainte, tu seras fier de
ton épouse ; tu verras qu'elle a le courage des martyrs, déjà elle a leur foi.

— Oh ! Louba, je me disais bien que ce corps,
miracle de beauté, pétri de charmes enchanteurs,
devait renfermer une âme digne de lui.

— Alors, Serge, tu as oublié la Louba entrevue
une heure, et tu m'aimes comme tu aimais l'idéal
de tes rêves ?

— Je le jure à tes genoux : je t'aime comme

j'aimais la radieuse vision, comme j'aimais cette
pure jeune fille à laquelle j'avais dressé un autel
dans mon cœur, je t'appartiens corps et âme, jamais nulle femme ne m'entendra lui dire : Je
t'aime ! Les hasards de la vie et de la sainte cause
que j'ai embrassée devraient-ils m'éloigner de toi
à jamais, enfermé dans une sombre forteresse,
toutes mes pensées seront pour toi, tu régneras en
reine dans mon cœur ; galérien en Sibérie, toutes
mes pensées seront encore pour toi, enfin, je me
donne à toi corps, cœur et âme.

Louba releva le jeune homme, et lui tendant la
main, elle lui répondit :

— Serge Mirianoff, moi, Powlowna Louba, princesse d'Askoff, devant Dieu, je t'accepte pour
époux ; je te jure, sur mon honneur, de te rester
fidèle si même les persécutions nous séparaient ; je
ne permettrai jamais à un autre homme que toi
de me parler d'amour ; jamais je ne dirai à un autre
qu'à toi ce doux mot tombé du ciel sur la terre :
Je t'aime ! Je serai ton épouse, ton associée dans
l'œuvre sainte que tu sers, je me voue entièrement
à toi et à elle !

Serge Mirianoff, ivre de bonheur, ne put arti-
culer un seul mot, la joie immense, intense lui
étreignait la gorge, il se mit encore à genoux devant celle qui venait de se donner à lui comme
épouse et longtemps mouilla ses pieds de ses
larmes.

Le soleil déjà faisait miroiter de ses premiers
rayons les toitures couvertes de neige de la ville,
lorsque, époux unis par l'amour, ils songèrent à
se séparer.

— Je vais, dit Mirianoff, selon l'usage, prévenir
le comité de ta conversion ; il déléguera plusieurs
de ses membres pour recevoir ton serment, veux-
tu les voir chez toi, ou veux-tu venir chez l'un
d'eux ?

— Ici, répondit Louba. Je suis libre, jamais mon
père ne vient dans mon appartement ; depuis la
mort de ma pauvre mère j'habite seule cette aile
de notre palais ; pourtant le portier de l'entrée du
canal pourra trouver singulier de voir monter
nuitamment plusieurs inconnus.

— Eh bien ! puisque tu es libre ici, reçois après-
demain ostensiblement les personnes que je vais

te désigner, tout en ayant bien soin de défendre
ta porte pour tout autre qu'elles. Une fois que
nous serons réunis, ne laisse servir le souper que
par Niania et par ton valet de chambre Nicolaï.

— Pourquoi Nicolaï?

— Il est des nôtres, il gardera notre secret, je
réponds de lui. Les personnes que je vais te désigner, hommes et femmes, sont de ton monde, tu
en connais même plusieurs, leur présence chez
toi n'aura donc rien de suspect ; envoie une invitation à venir souper avec toi samedi, à la comtesse V..., à mademoiselle de Z..., à ta maîtresse de
piano, à Nicolas de M... de la garde à cheval, à
Constantin de Stern....

— Comment! à Constantin Stern!... Si cet
homme se dit des vôtres, c'est un traître; ignorez-
vous donc qu'il est le secrétaire particulier du
grand maître de la police secrète?

— Nous le savons, mais loin d'être un traître,
Constantin est un de nos frères les plus ardents à
travailler au triomphe de notre cause, et c'est
pour la servir qu'il a accepté ce poste humiliant.
Louba, un proverbe arabe dit qu'on doit toujours

battre son ennemi avec les mêmes armes employées
par lui. Ce proverbe cache un conseil salutaire,
nous le suivons : l'autocratie nous donne la chasse
dans l'ombre ; elle a tellement démoralisé les con-
sciences qu'elle trouve, pour nous épier et nous
dénoncer, des nuées de mouchards ; il y en a parmi
nos domestiques, dans les salons, depuis ceux de
la cour et du grand monde, jusque dans ceux de
la bourgeoisie ; dans les cercles, dans les magasins
et jusqu'au pied de l'autel on trouve des mouchards : le prêtre peut, par raison politique, violer
le secret de la confession. Eh bien, nous, nous
faisons des adeptes dans toutes les classes ; il y en
a même dans la famille impériale ; ces adeptes
cherchent, eux aussi, à épier les agissements de
nos persécuteurs, ils nous préviennent lorsque la
police soupçonne un de nos lieux de réunions, ils
nous donnent des passe-ports pour passer à l'é-
tranger, lorsque nous devons être arrêtés, c'est
donc à la police surtout qu'il est urgent que nous
ayons des nôtres.

— Je comprends et je vois avec plaisir que
vous êtes en mesure de vous défendre et que votre

société est admirablement organisée. Je vais, dès aujourd'hui, envoyer une invitation à souper aux personnes que tu viens de m'indiquer.

— Tu auras soin de mettre au bas de ton billet ces lettres : p.i.n.e.p.s. ce qui veut dire : pour initiation nihiliste et prestation de serment. Seulement, réunis-les ainsi : *pineps;* tu auras l'air d'avoir écrit étourdiment un mot n'ayant aucun sens, mais les initiés comprendront.

Les deux époux suivant le mode nihiliste, se séparèrent alors que déjà le jour avait chassé les ombres mystérieuses de la nuit charmante.

CHAPITRE IV.

LE TROISIÈME SOUPER DE LOUBA D'ASKOFF.
SERMENT SOLENNEL.

La princesse Louba d'Askoff avait perdu sa
mère depuis plusieurs années. Fille unique, elle
avait hérité de l'immense fortune de sa mère.

Au point de vue de l'argent, les lois russes sont
très-favorables à la femme et aux enfants. L'article
80 du code russe dit : « Que le mariage n'emporte pas communauté de biens; que sont person-
nels à chaque époux, les biens qu'il a eus au

moment de son mariage, ainsi que ceux qu'il a acquis ou dont il a hérité depuis. »

La femme dispose de sa dot comme elle l'entend; elle peut aliéner, vendre, acheter, hypothéquer, sans avoir besoin d'une autorisation maritale.

A quatorze ans révolus, filles et garçons peuvent se choisir un curateur, à l'effet de les éclairer de leurs conseils et de leur prêter assistance, s'ils ont à se plaindre de leurs parents.

A dix-sept ans révolus, filles et garçons peuvent administrer eux-mêmes leurs biens, mais ils ne peuvent exposer leurs capitaux ni contracter d'emprunt, sans la signature du curateur qu'ils ont choisi.

A vingt et un ans révolus, filles et garçons non mariés peuvent aliéner et gérer comme ils l'entendent. Libres au point de vue de la fortune, filles et garçons, quelque âge qu'ils aient, ne peuvent contracter mariage valable, sans la permission de leurs père et mère.

Louba venait d'avoir vingt et un ans, et depuis trois mois, elle gérait la fortune lui revenant de

sa mère. Elle en disposait à sa fantaisie, et son
père s'occupait fort peu de ce qu'elle faisait ; rarement même il l'accompagnait dans le monde, etil ne
venait jamais aux soirées intimes qu'elle donnait.

Les filles russes jouissent de la même liberté
d'allures que les jeunes filles anglaises. Louba pouvait donc recevoir sans crainte, chez elle, les membres du comité révolutionnaire désignés pour recevoir son serment. Elle n'avait qu'à prendre ses
mesures pour que nul importun ne fût introduit
ce soir-là chez elle. Dès le matin, elle fit appeler
Nicolaï, et elle lui dit :

— Nicolaï, tu es un nihiliste ?

Le pauvre garçon devint blême et voulut protester.

— C'est inutile de mentir ; je le sais, et je
suis enchantée que tu sois des nôtres, car tu me
seras utile. Ce soir, je prête serment au comité, et je compte sur toi pour ne laisser pénétrer
chez moi que les personnes que je vais t'indiquer,
et aussi pour empêcher que les autres domestiques
espionnent et sachent qui je reçois et ce qui se
passera chez moi.

— Vous, vous des nôtres ! O ! princesse, soyez
bénie ! Dès ce jour, Nicolaï vous sera dévoué
comme un chien et se fera tuer avec joie pour
vous protéger.

— Merci, mon ami, ton dévouement me sera
très-précieux. Ce soir, tu ne laisseras entrer que
Lisa Hertzel, la comtesse de V..., Mˡˡᵉ de T...,
Constantin de Stern..., le comte Nicolas de M...
et Serge Mirianoff. Aux autres personnes qui pourraient venir me rendre visite, tu diras que j'ai la
migraine et que je ne reçois pas.

— Soyez tranquille, princesse, je ferai bonne
garde.

—Niania et toi, vous ferez seuls mon service ;
je compte sur toi pour éloigner les autres domestiques.

— Soyez sans crainte, princesse, les dangers
qui sans cesse nous entourent, les tortures qui
attendent ceux de nous qui sont découverts, ont
appris à tous les nihilistes à être prudents.

Vers onze heures, Louba était dans son salon,
attendant ses invités. Elle portait une charmante
toilette de faille blanche ; une belle rose thé or-

nait son corsage, une rose thé lui servait de pa-
rure et de seul bijou; cette toilette simple faisait
ressortir sa merveilleuse beauté et la fraîcheur de
son teint. L'enthousiasme du néophyte brillait
dans ses yeux et s'y alliait à ce bonheur victorieux
qu'éprouve celle qui aime et qui se sait aimée.

En Russie, on fait les visites d'avant-soirée de
neuf à dix heures, et l'on va en soirée de onze à
une heure du matin. Les invités de la princesse, en
venant après onze heures, se conformaient donc à
l'usage du monde russe. Les premiers arrivés,
comme d'un commun accord, ne dirent pas un
seul mot faisant allusion au motif de leur venue.
On échangea des banalités mondaines. Lisa Hertzel
fut priée de faire entendre les dernières composi-
tions de Rubenstein. Pendant qu'elle les jouait
avec autant de brio que de science, Serge Mirianoff se rapprocha de Louba et se mit à causer tout
bas avec elle.

— Si tu savais combien je suis malheureux! lui
dit-il.

— Pourquoi?

— Je suis jaloux.

— Tu es jaloux ? Mais de qui ?

— De ton ex-fiancé André de Z...; il est de notre comité. Le comte de M.. va venir et il te demandera d'envoyer chercher André de Z... afin qu'il assiste à ta prestation de serment.

— Lui, nihiliste ! qui s'en douterait! Cent fois je l'ai entendu flétrir les révolutionnaires de la façon la plus énergique... Nihiliste ! lui que je croyais si léger, si courtisan ; c'est *épatant*, mais c'est décidément un garçon d'esprit.

— Tu le vois, Louba, j'ai raison d'être jaloux.

— Tu as tort ; je t'aime et n'aimerai jamais que toi.

— Je te crois, j'ai foi en toi, mais, pour tout le monde, nous ne sommes que deux étrangers. André de Z... ignorant que tu es ma femme, et te retrouvant dans nos réunions, aura l'espoir que, déjà liée à lui par la complicité, tu reviendras sur ton refus et tu consentiras à te lier à lui par les liens du mariage ; il continuera à te faire la cour. Je devrai voir cela et refouler rage et douleur dans le fond de mon cœur.

— C'est vrai, Serge, ta position serait fausse,

mais je t'aime trop pour te voir souffrir à cause de moi.

Le comte Nicolas de M... faisait son entrée, suivi de Constantin de Stern...; Louba alla gracieusement au-devant des deux hommes.

— Il paraît, leur dit-elle, que André de Z.., est nihiliste, et que vous souhaitez qu'il vienne ce soir?

— Oui, princesse, dit le comte de M...; votre refus de l'épouser l'a froissé. Il faut qu'il apprenne que, dès ce soir, vous allez être des nôtres; entre nihilistes, c'est-à-dire entre personnes se vouant au salut de la patrie, toutes les rancunes doivent s'effacer, on doit se donner loyalement la main.

— Où est-il à cette heure-ci? demanda Louba.

Le comte de M... lui répondit qu'il venait de le laisser au cercle de la Grande-Noblesse, mais qu'il ignorait encore sa conversion.

— Eh bien! je vais la lui apprendre et le prier de venir.

Elle prit une feuille de papier et traça à la hâte les quelques lignes suivantes:

« Mon cher André, nous ne sommes plus fiancés,
» mais nous sommes frères; j'espère que nous se-

» rons amis. Venez de suite, j'ai besoin de vous. »

Elle signa, et après la signature, elle traça ces six lettres : p. i. n. e. p. s. Elle chargea Nicolaï de faire porter de suite sa missive au jeune homme, et lui donna l'ordre de l'introduire dès son arrivée.

André de Z... jouait un besigue à un louis la fiche, lorsqu'on lui remit le billet. En reconnaissant l'écriture, il eut une exclamation de joie. Il crut que sa capricieuse, mais charmante fiancée revenait sur le congé qu'elle lui avait donné.

— Messieurs, dit-il à ses partenaires, excusez-moi ; l'amour m'appelle.

Il quitta le jeu et alla se réfugier dans la bibliothèque, pour lire la lettre loin de tout regard indiscret.

La lecture du billet fut pour lui une douche glacée. Mais en apercevant les cinq lettres mystérieuses, il pâlit horriblement... Il en comprenait la signification, mais un soupçon affreux entrait dans son cœur : Louba, pensait-il, ne pouvait être devenue nihiliste... ; sans doute, elle avait rompu avec lui par ordre de son père, qui, peut-être, avait su que lui, André de Z..., était affilié..., et à présent, par ordre de son père encore, elle lui tendait un piège !

L'état de mouchard est tellement entré dans les mœurs russes, et tant de gens du plus grand monde ne rougissent pas d'exercer ce métier infâme, que le comte André de Z... était excusable de soupçonner la jeune fille ; pourtant, il n'hésita pas un moment à se rendre à son appel. Il cacha sa lettre dans sa poche, mit sa pelisse, et dix minutes après, Nicolaï l'introduisait chez la princesse d'Askoff.

En apercevant le président du comité ainsi que le secrétaire, et en reconnaissant les autres personnes comme étant toutes nihilistes, il crut encore plus à un piège infernal qui allait livrer les chefs du comité à la police ; mais Louba alla vers lui avec empressement ; elle rayonnait de bonheur et de noble fierté, et le traître le plus endurci, malgré lui baisse la tête.

Ceci le rassura un peu.

— André de Z..., lui dit-elle, avez-vous pardonné à la fiancée infidèle d'avoir repris sa parole ?...

— Je n'ai pas le droit de lui en vouloir, mais j'ai le droit d'être triste et désolé.

— Je vous remercie de ces sentiments ; telle que vous m'avez connue, mondaine, tête folle, cœur vide, je ne mérite pas vos regrets. Mais dites-moi, André, me refuserez-vous votre amitié ?

— Non, certes ; à défaut de votre amour, votre amitié me sera précieuse. Comptez sur la mienne.

— Je vais la mettre à l'épreuve, et ma confiance va vous prouver l'estime que j'ai en vous.

Se tournant vers la société et élevant la voix :

— André de Z..., mesdames et messieurs, je vous présente mon époux, Serge Mirianoff ; nous avons échangé serment de fidélité devant Dieu. Librement je l'ai choisi pour époux, librement il m'a choisie pour épouse... ; ce mariage que nous tiendrons secret, nous le livrons à votre discrétion.

On entoura les jeunes époux ; on les félicita. Le comte de M... prit ainsi la parole :

— Princesse d'Askoff, vous avez agi en femme de cœur et d'intelligence ; vous avez compris que, pour qu'un mariage soit valable aux yeux de Dieu,

6

il faut qu'il réunisse librement deux volontés, deux
âmes, deux cœurs et deux corps... Chez nous,
jusqu'à présent, les parents ont exercé un droit
inique, celui de disposer selon leur caprice ou leur
ambition, de l'être intellectuel et de l'être physique
de leurs enfants...; ils ont fait d'une union sainte
un odieux esclavage et une prostitution légale...
Librement vous avez pris, vous, pour époux, celui à qui votre cœur s'était donné ; vous vous êtes
conduite en honnête femme, et nous vous félici-
tons. Comptez non seulement sur notre discrétion
mais sur notre aide en tout et pour tout.

André de Z... était devenu très-pâle. Le coup
avait été rude pour lui, mais c'était un homme de
cœur et d'esprit sous les apparences d'un viveur
léger et mondain. Il tendit la main à la jeune fille
et lui dit :

— Louba d'Askoff, épouse de Mirianoff, à partir de ce soir, je serai pour vous un frère dévoué,
rien de plus.

Puis il alla vers son heureux rival, et, lui tendant la main, il lui dit :

— Je ne vous en veux pas de votre bonheur ;

si elle vous a donné son cœur, c'est que vous avez su mieux que moi le conquérir. A vous son amour, je saurai me contenter de son amitié.

Serge était ému. Ce que venait de faire Louba lui prouvait sa grande loyauté et aussi la force de son amour. Il aurait voulu lui baiser les pieds pour lui prouver sa reconnaissance, mais il n'osait s'agenouiller en public devant elle, et il ne trouvait pas un mot pour exprimer sa gratitude, tant son émotion était grande.

Il ne put que serrer la main d'André : on passa dans la salle où le souper était servi, Nicolaï et Niana reçurent l'ordre de fermer les portes et de faire que nul ne pénétrât dans l'appartement. Cette précaution prise, tout le monde debout se plaça en cercle, et le comte de M..., président, prit ainsi la parole :

— Louba, princesse d'Askoff, épouse libre de Mirianoff, que désires-tu de nous, dans quel but nous as-tu appelés ?

Elle répondit ainsi :

— Monsieur le président, mesdames, messieurs, je vous ai priés de venir chez moi ce soir, pour vous faire savoir que je suis nihiliste, et que je désire prêter serment de fidélité au comité.

— Connais-tu notre but ?

— Oui, renverser l'autocratie, détruire l'esclavage, celui que nous impose le czar, et celui que nous fait subir l'autocratie du père de famille ; rendre le peuple russe libre, comme le sont les autres peuples de l'Europe, et, par la sainte et vivifiante liberté, relever l'âme de notre patrie.

— C'est bien ! ta réponse nous satisfait, si tu connais bien les dangers que nous avons à braver, et si tu sais quel est le sort qui attend beaucoup de nous.

— Je sais, répondit fièrement Louba d'Askoff, que les sombres forteresses, le knout, la chaîne du galérien, la mort ignominieuse nous sont réservés, mais je suis prête à tout souffrir pour sauver ma patrie. Ryléïef a dit dans la confession de Nalivaïko : « Un abîme s'ouvre devant les premiers » qui s'élèvent contre les oppresseurs d'une na- » tion. Le destin m'a choisi...; mais, dites-le moi, » dans quel pays, dans quel siècle l'indépendance » reconquise n'a-t-elle pas voulu des victimes ? Je

» mourrai pour le pays qui m'a vu naître. »

Je sens, comme Ryléïef, que le destin m'a choisie. Avec lui je dis : Je mourrai pour le pays qui m'a vue naître.

La jeune fille était superbe d'enthousiasme en disant ces paroles ; aussi furent-elles accueillies par un murmure d'admiration.

Serge Mirianoff était fier de sa bien-aimée, et André de Z... se sentait tout honteux d'avoir pu soupçonner un instant sa loyauté, car à présent il avait en elle une foi aveugle. Mais en la revoyant si différente de ce qu'il l'avait connue, il comprenait qu'un amour bien puissant avait pu seul la transformer ainsi, et il était humilié de songer qu'il n'avait point su, lui, lui inspirer cette flamme ardente et purificatrice.

Le comte de M... reprit la parole :

— Il faut que tu saches encore, princesse d'Askoff, que nous devons souvent combattre avec les mêmes armes aiguisées contre nous, c'est-à-dire, l'espionnage, le poignard et le poison. Lorsque le comité a signé un arrêt de mort, le nihiliste désigné par le sort doit obéir.

6.

— J'obéirai, mon père seul me sera sacré quoi qu'il fasse.

— L'autocratie ne craint pas d'armer parfois la main du fils contre le père, celle du frère contre le frère, mais nous, qui agissons au nom de la justice, nous ne commettons point de ces infamies. Je n'ai plus qu'une chose à te demander: Te sens-tu le courage physique et moral, si un jour tu es arrêtée, de résister aux tortures que t'imposeront les bourreaux et de ne point dénoncer tes complices?

—Je le jure! Plutôt que de devenir une détestable délatrice, à l'exemple d'une jeune Romaine de l'antiquité, je me couperai la langue avec les dents et je briserai mes mains pour qu'elles ne puissent pas tracer un seul mot de trahison.

— Tu es noble, tu es vaillante, j'ai foi en toi; mais, selon l'usage, affirme d'abord par serment que tu es nihiliste, et que tu trouves notre cause juste et sainte.

— Je jure sur mon salut éternel, je jure sur mon honneur que je suis nihiliste; que je trouve juste et sainte l'œuvre que vous poursuivez... et je jure de m'y vouer.

— Jure d'obéir aveuglément aux ordres du comité.

— Je jure d'obéir aveuglément aux ordres du comité.

— Jure de ne jamais trahir notre cause.

— Je le jure, sur mon salut éternel.

— C'est bien ! Louba d'Askoff, tu es des nôtres.

Le comte de M..., suivant l'usage russe, embrassa la jeune fille sur les lèvres et les personnes présentes vinrent lui donner le baiser de bienvenue parmi elles.

André de Z... lui dit :

— Combien doit être fier celui qui, de la jeune fille légère et mondaine a fait une noble et vaillante femme !

— Fier, mais surtout heureux, s'empressa de dire Serge Mirianoff, tout en portant à ses lèvres la main de sa femme.

On se mit à table.

— A présent dit le comte de M..., que la princesse est des nôtres, nous allons, tout en soupant,

causer de nos affaires ; je donne la parole à Constantin de Stern...

Constantin était un grand jeune homme de
trente ans, d'origine prussienne ; il avait cette
beauté blonde et rêveuse des fils de l'Allema-
gne.

— J'ai un fait grave à révéler, dit-il ; trois fois
j'ai vu venir chez notre chef le général Patokoff,
Nicolas Ivanoff ; à la seconde visite il s'est entre-
tenu longuement avec le général qui m'a sonné et
m'a donné l'ordre de compter mille roubles à
cet homme, qui les a reçus en se confondant en
remerciements. Le général lui a dit : C'est bien,
continuez à servir loyalement le gouvernement
et votre zèle sera récompensé; tâchez surtout de
savoir où se tiendra la première réunion... A la
troisième visite (c'était aujourd'hui), le général
était absent; je l'ai reçu à sa place et il m'a dit qu'il
avait quelque chose de la plus haute importance
à communiquer au général. Je lui ai dit que s'il
voulait me dire de quoi il s'agissait, j'en ferais
part à mon chef ; il n'a pas voulu, mais il a demandé du papier, de l'encre, il a écrit une lettre et

me l'a remise, en me disant qu'il était urgent que
le général l'eût avant ce soir.

— Et qu'avez-vous fait de cette lettre? demanda
le comte de M...

— Je l'ai décachetée. Nicolas Ivanoff disait qu'il
était sûr que Lisa Hertzel était nihiliste et qu'elle
faisait partie du comité à visage découvert. Le
traître ajoutait que tout lui faisait supposer que
ce soir il y aurait une réunion du comité, et qu'en
faisant suivre la personne désignée, le général
saurait dans quelle maison il se réunissait et pourrait arrêter les membres du comité. Tous les invités de Louba se levèrent vivement :

— Mais alors, dirent-ils, la police va venir !

— Rassurez-vous, reprit Constantin de Stern...,
je n'ai pas remis la lettre.

— Mais, reprit le comte de M..., ceci n'est pas
suffisant; cet homme peut être retourné chez le
général, et alors...

— Non, j'ai pris mes précautions. Une heure
après, j'ai été chez lui, je lui ai dit que je venais
de la part du général lui donner l'ordre de ne pas
quitter sa maison de la nuit, car la police aurait

sans doute besoin de lui. J'ai fait miroiter à ses yeux une forte récompense et j'ai ajouté qu'il devait n'ouvrir la bouche à personne pas même à un employé de la police, des arrestations qu'on allait faire cette nuit. Il attend donc, j'en suis sûr, et il fait des rêves dorés sur les milliers de roubles que va lui valoir sa trahison.

— Quelle est votre opinion, mesdames et messieurs, sur le châtiment à imposer à ce traître ? demanda le comte de M...

— La mort, qui seule nous sauvera de ses dénonciations, répondirent tous les nihilistes présents.

—Par conséquent, moi, président du comité, investi de par votre libre choix des fonctions de juge suprême, je condamne Constantin Ivanoff à la peine de mort. Je rends cet arrêt avec une conscience calme, car, en débarrassant le monde de ce mouchard, je sauve la vie à des honnêtes gens. Nous allons tirer au sort pour savoir à qui incombe la triste tâche d'exécuter ma sentence.

Lisa Hertzel était devenue horriblement pâle en écoutant le récit de Constantin de Stern...; pourtant, avec la même force que les autres, elle avait demandé la mort du traître... Elle se leva et dit :

— Monsieur le président, je vous demande la parole.

— Nous vous écoutons, mademoiselle, lui répondit celui-ci.

— J'ai à vous demander une grâce, celle de me laisser la tâche de poignarder le condamné.

A cette demande inattendue, tous firent un geste de surprise.

— Oui, je la réclame comme une faveur, cette tâche douloureuse, et voici pourquoi : Constantin Ivanoff était mon amant, je le croyais honnête et loyal. Pendant deux mois il a fait tout au monde pour me convertir au nihilisme ; enfin, ayant foi en lui, je lui ai avoué que j'étais nihiliste depuis longtemps ; il a paru joyeux, m'a suppliée de le faire admettre parmi les affiliés. Vous le savez, c'est à ma demande que vous l'avez reçu, mais seulement au comité à figures masquées, si bien que, déjà des nôtres pourtant, il ne connaissait point encore nos secrets et le nom des membres du comité. Il a joué une ignoble comédie, il parlait

comme un homme que la foi anime, il se montrait
ardent nihiliste, et toujours il me demandait d'obtenir qu'il fût admis parmi les membres agissants ;
il brûlait, disait-il, de se vouer corps et âme à
notre sainte cause... Oh ! le misérable, j'ai cru si
bien à sa sincérité et à son amour, que ce matin,
sans lui nommer la maison ni citer aucun nom, je
lui ai dit que je devais assister à une réunion du
comité et que, me faisant sa caution, je demanderais qu'il fût initié complètement... Le traître
voulait simplement vous connaître pour vous envoyer à la forteresse... Il me jurait un amour
éternel, et il me livrait à la police pour quelques
milliers de roubles ! Comprenez-vous pourquoi je
veux le poignarder moi-même ?

— Oui, s'écria Louba, et on doit t'accorder le
droit de te venger.

— Je le lui donne, dit le comte de M... Seulement, il faut faire en sorte que vous ne soyez pas
compromise, Lisa Hertzel.

— Rien n'est plus facile, dit Constantin de
Stern..., ce misérable attend les ordres de la police ;
je vais aller chez lui avec Lisa Hertzel qui m'atten-

dra dans la rue, j'entraînerai Ivanoff dans la
Sennaïa, Lisa nous suivra. Lorsque je serai dans un
endroit propice, je m'arrêterai, tout en parlant à
Nicolas Ivanoff; Lisa nous rejoindra, et je lui aide-
rai si sa main tremble.

— Elle ne tremblera pas, Constantin Stern...,
répondit la jeune nihiliste, d'un ton farouche.

— Puisque ce misérable a été mis hors d'état de
nous trahir grâce à vous, Constantin, il importe
peu qu'il soit puni une heure plus tôt ou plus tard,
finissons nos affaires : un de vous a-t-il à faire une
importante communication ?

— Moi, dit la comtesse de V..., hier j'étais chez
la grande-duchesse M..., j'étais assise près d'une
fenêtre; dans l'embrasure causaient le gouverneur
de Moscou et le chef de la troisième section (police
secrète.) Naturellement, tout en ayant l'air de prêter une oreille attentive aux doux propos d'un
jeune chevalier-garde, assis à côté de moi, j'écou-
tais la conversation de ces deux personnages. Le
gouverneur disait :

— A Moscou, le nihilisme gagne les hautes
classes ; beaucoup de nos grandes dames font, je

7

crois, partie de cette secte dangereuse, mais au lieu de faire comme certaines petites folles de Pétersbourg, qui se coupent les cheveux, portent lorgnon, adoptent enfin une sorte de livrée, celles de Moscou cachent leurs croyances, et je ne trouve pas dans la haute société des hommes et des femmes prêts à me servir d'agents provocateurs et de dénonciateurs, si bien que je ne puis pas agir. Je sens qu'il y a un comité puissant et je ne puis découvrir les chefs.

— Eh bien ! a répondu le général Potokoff, je vais vous envoyer un jeune homme qui vous rendra de grands services. Natif de Moscou, il y a des amis d'enfance et des parents, il pourra aller dans le monde et il n'excitera aucun soupçon : seulement, il est joueur, il se fera payer cher.

— Je le payerai ce qu'il voudra ; vous comprenez, général, que le meilleur moyen de me mettre bien en cour (vous le savez, on me bat froid), c'est de mettre la main sur les nihilistes appartenant à la noblesse ; aussi, devrais-je payer de ma poche ce jeune homme, je n'hésiterais pas.

— J'attendais qu'on prononce son nom, ajouta

la comtesse, mais j'ai été déçue; tout ce que j'ai pu savoir, c'est que ce mouchard partirait lundi prochain.

— Le renseignement est suffisant ; nous allons écrire à Moscou pour prévenir, on guettera les arrivants, et grâce aux détails que vous venez de nous donner, nos frères de Moscou séront vite fixés.

Ceci fut dit par Serge Mirianoff qui ajouta :

J'ai aussi une communication à faire. On a appliqué la torture à Alexis Gogorief, pour l'amener à nommer ses complices, ses bourreaux l'ont forcé à rester debout pendant quarante-huit heures. Dès qu'il se laissait tomber de faiblesse, ils le forçaient à se relever, son corps n'était plus qu'une plaie, mais il n'a pas parlé. Alors, pour le vaincre, on lui a imposé la torture de la soif ! pendant cinq jours, on ne lui a donné à manger que des salaisons, sans lui donner aucune boisson. Fou de rage, le feu dans le corps, il n'a pas parlé, mais une fièvre ardente s'est emparée de lui. Dans son délire, il a prononcé des phrases compromettantes, des noms ; le juge Apostoloff les a notés, déjà il a fait arrêter deux étudiantes en médecine, et une jeune fille de l'école de chirurgie.

— Avons-nous un des nôtres dans la maison de ce juge barbare ? demanda le comte de M...

— Oui, répondit Serge Mirianoff, son portier est nihiliste.

— Très-bien, il faut lui donner l'ordre de venger par le fer ou par le poison notre pauvre Gogonief. Et maintenant, séparons-nous, et que Lisa Hertzel et Stern... aillent exécuter notre arrêt.

Ivanoff attendait impatiemment, chez lui, le résultat de son infâme dénonciation. Il se disait qu'elle allait lui rapporter quelques milliers de roubles ; il suivit avec empressement Stern... qu'il savait appartenir à la troisième section. Celui-ci, sous prétexte de mission, le conduisit jusque dans la Cabaret Oulisa, rue fort déserte. Soudain s'arrêtant et braquant un revolver sur le front du dénonciateur, il lui dit :

— Ivanoff, tu n'es qu'un traître, tu as donné un faux renseignement à la police ; Lisa Hertzel n'est pas nihiliste, et elle n'allait ce soir dans aucune réunion politique.

Le misérable était lâche et poltron, comme
est toujours lâche et poltron celui qui a l'âme assez
vile pour vivre de la délation.

—Excellence, s'écria-t-il, en se jetant à genoux,
je vous jure sur l'honneur que je n'ai point menti ;
cette jeune fille est nihiliste, je lui ai fait la cour,
je suis devenu son amant, dans le seul but de la
faire parler ; elle m'a avoué qu'elle faisait de la
propagande et que ce soir elle de...

Il ne put achever ; Lisa, se démasquant tout
à coup de l'embrasure d'une porte, lui enfonça
un poignard dans le cœur. Il poussa un cri étouffé,
roula à terre, eut quelques convulsions, puis ses
membres se raidirent.

Constantin Stern... se pencha sur lui :

— Il est mort, dit-il à la jeune fille, éloignons-
nous.

Elle prit le bras qu'il lui offrait, et tous deux
marchèrent vers la Neuwski perspect.

— Oh ! nous sommes vraiment maudits de
Dieu, murmura Constantin Stern... N'est-ce pas
le comble du malheur, que nous en soyons réduits
à devenir des assassins !

— Assassins, dites-vous..., nous ne sommes que des gens défendant notre vie. Un traître, du reste, n'est pas un homme. Le chien est pour nous un animal sacré, nous l'appelons notre ami ; mais si nous voyons un chien enragé, nous le tuons. Ce n'est pas au chien que nous donnons la mort, nous la donnons à la rage , nous tuons la mort pour qu'elle ne nous tue pas.

Lisa Hertzel répondit cela d'une voix calme. Le crime qu'elle venait de commettre ne lui avait pas même donné un tressaillement d'horreur.

Pauvre chère âme de la Russie, il est temps qu'un remède salutaire vienne la guérir du mal qui la ronge.

CHAPITRE V

UNE FÊTE AU PALAIS D'HIVER.— CONSPIRATION DÉCOUVERTÈ.
LE PÈRE ET LA FILLE.

Il y avait deux mois que Louba d'Askoff avait
prêté le serment solennel de se vouer à la cause
nihiliste; cinq semaines qu'elle aimait Serge Mirianoff. Cet amour s'était emparé subitement de son
cœur, et pourtant il y avait pris si profondément racine que, loin de celui qu'elle considérait
comme son époux, elle était morne et triste
comme un corps sans âme. Ce monde qu'elle

avait tant aimé lui apparaissait maintenant, ce
jqu'il est en réalité, une parade, où chacun cherche à se faire remarquer, une comédie où chacun
joue un rôle, mais qui fatigue bien vite, car elle
se répète toujours.

La femme mondaine n'aime pas; à peine con-
naît-elle le caprice. Celle qui a un grand amour
au cœur aime la solitude et le recueillement, car,
seule, elle est avec son amant, elle s'enivre de
son souvenir, ce bonheur lui paraît le seul envia-
ble, après le bonheur suprême d'être avec lui.

Pourtant ce soir-là, Louba d'Askoff avait dû accompagner son père à la fête donnée au palais
d'hiver.

Cette fête était un éblouissement de lumière,
un ruissellement de diamants, une exhibition de
toilettes d'une grande richesse et d'un goût
exquis.

L'amante de Mirianoff n'avait pas prêté grande
attention à sa toilette. Que lui importait d'être plus
ou moins belle, puisque *lui* ne la verrait pas !

Pour ne point se faire remarquer, elle avait accepté la main d'un brillant chevalier-garde et elle

s'était promenée une heure en sa compagnie, suivant la fameuse polonaise.

On appelle cela danser la polonaise !

Figurez-vous deux cents couples, parfois cinq cents, se tenant par la main, marchant tous, deux par deux à la file, allant d'un salon à l'autre, décrivant des courbes, des zigzags, marchant en cadence, saluant en cadence. Cette promenade dure une heure... on a dansé la polonaise !

Que ferait-on si on la marchait?

Louba s'était rassise, lasse, ennuyée, trouvant que l'heure du départ n'arrivait point assez vite. Soudain, André de Z... s'approcha d'elle et lui dit tout bas :

— Là, à gauche, votre père cause avec le grand-duc X...; j'ai saisi au passage quelques mots qui m'ont fait supposer qu'on s'occupait de nous... Essayez d'entendre, rapprochez-vous d'eux.

Louba mit du désordre dans sa coiffure, en ayant l'air de la remettre en ordre, et elle alla vers une glace qui se trouvait à gauche et tout près des deux personnages qu'on venait de lui signaler.

Elle eut l'air de ne point remarquer les causeurs,

et d'être très-préoccupée à rattacher le papillon aux ailes diamantées qu'elle avait mis dans ses cheveux, mais elle prêta une oreille attentive à la conversation des deux hommes, et voici ce qu'elle entendit :

— Un fidèle sujet, disait le prince d'Askoff, doit imiter le chien de garde ; nuit et jour il doit guetter le malfaiteur et signaler son approche, ainsi j'ai fait.

— L'empereur sera instruit de votre zèle loyal, croyez-le bien.

Puis, baissant la voix, le grand-duc, ajouta :

— Alors, c'est cette nuit que la police va faire une descente chez les conspirateurs?

— Oui, dit le prince, et vu la haute position du comte Nicolas de M..., le chef de la troisième section, le général P..., la dirigera lui-même.

Louba devint pâle comme une trépassée, ses jambes fléchissaient, elle dut se retenir au marbre de la cheminée pour ne point tomber... Le comité dont elle faisait partie était donc découvert, et son bien-aimé qu'elle savait devoir être cette nuit-là chez le comte M..., allait être arrêté!... Que

faire, comment prévenir le danger qui le menaçait?

Elle resta quelques minutes écrasée par la douleur, puis, — c'était un cœur hardi et vaillant, —
elle se redressa, les yeux brillants, l'air déterminé.
Son père avait quitté le grand-duc ; il s'en allait à
travers la galerie à gauche, elle alla le joindre,
prit son bras, lui dit quelques mots à l'oreille, et
tous deux descendirent vivement le grand escalier
du palais ; elle reprit sa pelisse, et dit à son père :

— Obéissons au grand-duc ; mettez-moi dans son
traîneau qui va me reconduire chez moi, et après,
vous chercherez le vôtre au milieu de ces centaines
de carrosses, et, selon les ordres que je viens de
vous transmettre de la part de S. A. impériale,
vous irez voir comment l'arrestation des complices du comte de M... va se passer ; le grand-
duc vous attend pour que vous lui contiez la chose.

Dès qu'elle fut assise dans le traîneau impérial,
le cocher fouetta les chevaux qui s'enlevèrent
d'un train d'enfer. Louba, se levant toute droite, dit
au cocher :

— Je ne vais point au palais, je vais à la Znamens-

kaïa, dôme Koulisof, presse-toi, je remplis
une mission du grand-duc.

La position officielle du prince d'Askoff donnait
à cela une grande vraisemblance, aussi le cocher
lança ses chevaux à toute vitesse. Bientôt il fit
halte devant le palais Koulisof. Louba sauta du
traîneau sans attendre l'aide du valet de pied; en
courant elle entra dans le palais et pénétra dans
l'appartement du comte situé au rez-de chaussée.
Il était assis devant une grande table sur laquelle
des papiers étaient éparpillés; Serge Mirianoff,
trois membres des comités de Moscou, un membre
du comité de Kieff étaient avec lui, prenant ses
ordres, lui rendant compte des missions qu'ils
avaient reçues.

A la hâte elle leur raconta ce qu'elle venait
d'entendre; ce qu'elle avait fait.

— Sauvez-vous vite, leur dit-elle, sauve-toi,
mon bien-aimé Serge.

Tous ces hommes affolés ne savaient ce qu'ils devaient faire : la maison était peut-être déjà
cernée !

— Et les papiers ! s'écria le comte de M..., en

rassemblant fiévreusement les feuilles éparses sur la table.

— Donnez-les moi, s'écria Louba.

— Et elle les glissa dan   son corsage et dans ses poches.

— Vous autres, partez vite ! dit le comte de M... moi, je reste chez moi. Que pourra-t-on faire ? Je suis seul, et ils ne trouveront plus aucun papier compromettant.

— Viens, dit Louba, entraînant Serge ; grâce à l'idée que j'ai eue de prendre le traîneau du grand-duc nous pourrons sortir, la maison fût-elle cernée.

Mais une portière se souleva et démasqua le général P..., entouré de mouchards armés jusqu'aux dents. Ceux-ci, d'un bond, s'assurèrent de tous les hommes présents. Le chef de la police posa la main sur le bras de Louba :

— Je vous ordonne, princesse, de me rendre les papiers que vous venez de cacher sur vous.

Elle se redressa, le toisa fièrement :

— La princesse d'Askoff, dit-elle, n'a point d'ordre à recevoir de vous.

— Il n'y a plus ici de princesse ; il n'y a plus

même de femme, il n'y a que de misérables conspirateurs. Obéissez donc, sans quoi mes hommes
vont vous fouiller.

— Vous oseriez ? monsieur !

— J'oserai tout, pour servir S. M. l'empereur.

— Oh ! j'oubliais : vous n'êtes point un homme,
mais un mouchard ; faites-moi donc fouiller, car je
ne vous les donnerai point volontairement.

Le général P... fit un signe, deux policiers s'a-
vancèrent sur elle ; mais, faisant un brusque mouvement en arrière, elle se rapprocha de la cheminée, saisit un revolver qu'un des conjurés y avait
déposé, et menaçant les policiers :

— Je tue le premier qui ose porter la main sur
moi, dit-elle.

Maintenus, garrottés, ses complices ne pouvaient venir à son aide ; Serge faisait des efforts
surhumains pour s'élancer à son secours, mais
trois robustes policiers le maintenaient.

Soudain, le prince d'Askoff, apparut... Stupéfait
d'apercevoir sa fille là, et de lui voir brandir un
revolver, il s'écria :

— Toi ici ! Louba, que fais-tu là ?

— Vous le voyez, je menace de mort ces misérables qui veulent me fouiller.

— Te fouiller ! Qu'est-ce à dire ? général P...,
comment vos hommes osent-ils porter la main sur
la princesse d'Askoff ?

— Le conspirateur n'a plus de sexe ni de titre,
prince, vous le savez.

— Ma fille, un conspirateur ! Perdez-vous la
tête?.. Voyons, Louba, que fais-tu ici ? explique-
toi.

Et comme elle se taisait :

— Je vais vous le dire, moi, ce qu'elle y faisait.
Caché avec mes hommes, derrière cette portière,
j'ai tout entendu: elle venait leur conter une conversation, surprise entre le grand-duc et vous,
les avertir que la police allait venir et leur dire de
se sauver.

— C'est impossible! s'écria le prince.

— Elle a fait plus ; elle a pris sur elle tous les
papiers compromettants qui étaient sur cette table, et elle refuse de les rendre.

Le prince s'avança menaçant et furieux vers
sa fille.

— Mais parle donc, explique ta conduite, malheureuse ! Ne sais-tu pas que ces hommes que follement tu as voulu sauver, sont des conspirateurs, des nihilistes ?

— Je suis ce qu'ils sont, répondit fièrement Louba.

— Tu es ce qu'ils sont ! misérable, donne ces papiers, tout de suite.

La jeune fille les chercha dans son corsage et dans ses poches, les prit à la main comme pour les donner à son père ; puis, d'un bond renversant ceux qui lui barraient le chemin, elle courut à la cheminée, et jeta les papiers dans le feu qui y flambait. Les policiers voulurent les arracher à la flamme, mais, comme une furie, elle se battit avec eux et donna le temps au feu de les détruire. Lorsqu'on parvint à se rendre maître d'elle, il ne restait qu'un peu de cendre de ces papiers compromettants pour les siens ; elle venait de sauver plus de deux cents personnes des supplices et des tortures de la Sibérie.

Ses complices, en chœur, s'écrièrent :

— Bravo ! bravo ! Louba.

Le prince d'Askoff, ivre de colère, effrayant à voir, se précipita sur elle la main levée.

Le général P... lui retint le bras, en lui disant:

— Elle appartient à la justice.

— Et je la lui livre avec joie! je la renie pour ma fille, hurla le prince.

Et, regardant Louba en face, il reprit :

— Oui, je te renie, tu es une misérable, une infâme, entends-tu?

La jeune fille se redressa; et, regardant, elle aussi, son père en face, elle lui dit :

— Non, prince d'Askoff, je ne suis ni misérable, ni infâme, car jamais je n'ai fait, comme vous, l'odieux métier d'espion et de dénonciateur.

Il fallut que le général P... fît maintenir le prince par deux policiers, pour l'empêcher de se jeter sur sa fille, qu'il voulait tuer, disait-il, faisant entendre des jurons formidables; de ces jurons ignobles dont le Russe, ivre de vin ou de colère, a seul le secret.

Un quart d'heure après, le comte de M..., Serge Mirianoff, Louba d'Askoff, les trois délégués de Moscou, et le délégué du comité de Kieff, ligottés

comme des malfaiteurs, étaient jetés dans des voitures; chaque voiture contenait deux conspirateurs
et trois policiers armés de revolvers; ces voitures
prirent le chemin de la lugubre forteresse.

Le hasard vient souvent en aide aux amoureux:
Louba se trouva dans la même voiture que son
amant, ils purent ainsi échanger leurs derniers
serments d'amour et s'encourager dans le stoïcisme
si nécessaire aux martyrs de la foi religieuse ou
aux martyrs de la foi politique.

CHAPITRE VI

UN DRAME A LA FORTERESSE. — LA TORTURE.

La hiérarchie militaire appliquée de par le tchinn à toute la Russie, impose à tous la discipline du camp ; les Russes sont condamnés au silence. Mais, dans ce pays, les pierres parlent, les monuments, témoins de l'histoire sanglante, la content aux générations suivantes.

Le philosophe qui veut bien connaître cet empire du Nord doit étudier ses monuments ; car si les hommes sont muets, et pour cause, les pierres sont, elles, indiscrètes et bavardes.

Sur une des îles de la Néva, la forteresse s'élève
lugubre et sinistre. Terrible épée de Damoclès, elle
menace sans cesse le Russe ; qu'il soit grand seigneur ou simple étudiant, qu'il soit la probité
même, l'honneur personnifié, ou qu'il ait l'âme
vénale et le cœur déloyal, il peut être jeté dans
un de ses cachots, par un caprice, par une fausse
délation ou pour un crime de libéralisme.

La masse de pierres noirâtres de l'édifice s'élève
hautaine, elle dit clairement : Je suis autocratie,
force brutale, et je me maintiens par la terreur.

Ses fondements sont de granit, ses portes de fer
sont lourdes et massives. Cœurs de pierre, volontés
de fer ont construit ce monument de granit et de
fer !

Ce monstre contient, réunis dans son ventre co-
lossal, les cadavres de Pierre Iᵉʳ, de Catherine Iʳᵉ,
d'Élisabeth, de Paul, de Pierre III, d'Alexandre II
et de Nicolas Iᵉʳ, et tous les détenus pour crimes
politiques. Les vers dévorent les cadavres, la vermine dévore les vivants, les morts expient leurs
fautes dans l'autre vie, les vivants pleurent,
souffrent, maudissent l'autocratie actuelle. C'est

une pensée infernale qui a offert ainsi aux mânes
des souverains, et comme offrande agréable, les
hurlements de douleur et les sanglots des prisonniers.

Le lendemain du jour où la police avait arrêté
le comte André de M..., Serge Mirianoff, Louba
d'Askoff, ainsi que les autres nihilistes, vers huit
heures du soir, une des grandes salles souterraines
de la forteresse était éclairée par la lueur blafarde
de trois lampes à pétrole posées sur une immense
table. Cette salle, dallée de pierre, aux murs de
pierre, ressemblait à un vaste tombeau. Cinq
hommes sinistres, assis autour de la table, s'en-
tretenaient à voix basse. L'un de ces hommes
était le prince d'Askoff, pâle, sombre ; on voyait à
ses yeux rougis et à ses traits tirés qu'il avait passé
une nuit blanche. Trouver sa fille au nombre des
conspirateurs, avait été pour lui une surprise
aussi grande que douloureuse. Courtisan dans
l'àme, dévoré par une ambition insatiable, il avait
espéré monter haut ; il s'était dit qu'en dénonçant
le comte de M..., il prouverait son zèle et son dévouement, et que ceci lui vaudrait la faveur de

la cour ; et maintenant, il tremblait que la participation de sa propre fille à la société nihiliste ne le rendît suspect lui-même. Il avait demandé de faire partie du tribunal instructeur pour prouver son innocence, et dans l'espoir d'arracher des aveux à sa fille, aveux qui, pouvant aider le gouvernement à découvrir d'autres membres influents du comité révolutionnaire, lui vaudraient peut-être l'indulgence des juges ; en un mot, il comptait arracher des dénonciations à Louba. C'est ce même mobile qui avait fait qu'en haut lieu on l'avait nommé juge assesseur.

Le second personnage était le général Potokoff, chef de la police secrète.

Le troisième était le colonel Lorskoï, juge suprême.

Le quatrième, Lardinoff, procureur impérial.

Et le cinquième, Nicolas Narrikoff, juge assesseur.

Tout autour de cette pièce, il y avait des bancs de bois ; dans un des angles on voyait les trois instruments de supplice, inventions des autocrates russes : la cavala ou kobyla, le knout et le plète. Les bourreaux, au nombre de quatre, étaient assis près de leurs instruments de torture ; ils portaient un costume qui avait une poésie sauvage et sanglante : des pantalons de velours noir entonnés dans leurs bottes, une chemise rouge retombant sur le pantalon et arrivant jusqu'aux genoux, serrée à la taille par une ceinture rouge aussi, les manches de cette chemise relevées jusqu'au coude de façon à ne point gêner leurs mouvements.

Contre le mur et faisant face aux juges, il y avait une sorte de cage grillée qui semblait destinée à contenir des fauves ; elle devait servir de prison à l'accusé pendant son interrogatoire.

Soudain, la porte s'ouvrit, et Louba entra entourée de quatre gendarmes. Un peu pâle, mais calme et fière, elle s'avança devant ses juges qu'elle salua légèrement, et attendit impassible. Mais, ayant aperçu son père parmi ses juges, elle eut comme un éclair de mépris dans le regard, pourtant elle s'inclina respectueusement devant lui.

— Quels sont vos noms et qualités ? lui demanda sèchement le général Potokoff.

— Louba Polowna Sfiendrish, princesse d'Askoff, répondit-elle.

— Dites-nous, Louba Polowna Sfiendrish, quel est le mobile qui vous a poussée à aller prévenir le comte de M... que nous allions venir l'arrêter ?

— Un simple motif d'humanité, Excellence.

— Un criminel ne mérite aucune pitié.

— Que je sache, le comte de M... est un fort honnête homme, répondit-elle froidement.

— Puisque vous aviez entendu la conversation du grand-duc et du prince d'Askoff, vous deviez savoir que le comte de M... allait être arrêté pour crime de nihilisme.

— Je savais en effet qu'on l'accusait de nihilisme.

— Alors vous pactisez avec ces infâmes révolutionnaires, et vous vous intéressez à eux ?

— Aucun des hommes que vous avez arrêtés n'est infâme, tous sont de bons patriotes ; du reste, j'allai chez le comte de M..., pour rejoindre mon époux Serge Mirianoff.

Le prince d'Askoff fit un bond :

— Malheureuse, que dis-tu ?

— La vérité, mon père. Librement, selon mon

droit, j'ai choisi pour époux l'homme que j'estimais et que j'aimais, et cet homme est Serge Mirianoff.

En entendant cette déclaration, le prince d'Askoff fut pris d'une si violente colère qu'il balbutia des phrases incohérentes.

— Veuillez ne pas interrompre l'interrogatoire, lui dit le général Potokoff, tantôt je vous donnerai la parole comme père, à présent souvenez-vous qu'il n'y a ici que des juges.

Et il reprit s'adressant à la jeune fille :

— Alors, Louba Polowna Sfiendrish, vous avouez avoir été la maîtresse du nihiliste Mirianoff ?

— Non, pas sa maîtresse, mais son épouse devant Dieu.

— Un mariage n'est valable que s'il se fait avec le consentement du chef de la famille. Avez-vous obtenu cette autorisation ?

— Je ne l'ai pas demandée, car, selon moi, elle est inutile ; je suis majeure et j'ai le droit de choisir mon époux, et pour que Dieu bénisse mon union, je n'ai pas besoin qu'un pope me serve d'intermédiaire, je puis lui demander cette faveur moi-même.

— Ce sont là des théories nihilistes, princesse.

8

— C'est possible, général, mais alors, les nihilistes sont dans le vrai.

— Ainsi donc, vous avouez être nihiliste ?

— Hautement je l'avoue, Excellence.

— Eh bien ! au nom du czar notre maître suprême, je vous ordonne de dire par quelles ma-
nœuvres habiles Serge Marianoff est arrivé à vous,
et quels artifices il a employés pour vous convertir
à ses détestables idées.

— Serge Marianoff n'est point venu à moi, c'est
moi qui suis allée à lui ; il n'a employé aucun arti-
fice pour me convertir ; ma raison, mon intelligence et ma conscience m'ont donné la foi nihiliste.

— Cet aveu est grave, princesse, je vous en avertis, mais il vous reste un moyen d'adoucir le châtiment que vous vous êtes attiré : vous allez me
dire le nom de tous les membres du comité dont le
comte de M... était président, et me dire de quelle
nature étaient les papiers que vous avez eu l'imprudence de détruire.

— Général Potokoff, s'écria Louba, vous m'insultez comme femme et comme princesse d'Askoff;
notre sexe, apprenez-le, puisque vous avez pu

arriver jusqu'à votre âge en l'ignorant, ne connaît
pas la lâcheté ; une vraie femme n'est jamais assez
vile pour être espion et délatrice. Après avoir insulté la femme, vous outragez la princesse d'Askoff. Vous le savez, monsieur, ma famille est une
des plus anciennes de la Russie, mes aïeux ont
lutté de puissance avec les grands princes, ils se
sont battus souvent avec eux, ils ont été vaincus
parfois, mais jamais, jamais, entendez-vous bien,
ils ne se sont faits les valets ni les mouchards de
l'autocratie ; le sang qui coule dans mes veines est
fier et pur ; n'attendez pas trouver en moi une infâme et lâche délatrice !

La jeune fille avait dit cela la tête haute, les
yeux brillants d'un noble orgueil, et elle avait re-
gardé son père en face. Le prince d'Askoff était
devenu fort pâle, et il avait baissé la tête.

— Madame, dit alors le général Potokoff, je
dois vous prévenir qu'il n'y a plus devant nous la
princesse d'Askoff, mais simplement une crimi-
nelle d'État, qui ose s'enorgueillir de son crime et
braver la justice. Si vous persistez dans ce système
déplorable, et si vous refusez de faire des aveux,

vous allez nous contraindre à user des moyens
ordinaires pour vous forcer à en faire.

En disant cela, le chef de la police, jetant un
regard vers les bourreaux, semblait désigner à la
jeune fille les supplices qui l'attendaient.

Louba regarda d'un air de froid mépris et bourreaux et instruments de torture, puis elle dit :

— Libre à vous, monsieur, de vous couvrir
d'infamie. Quel que soit le sort de la victime, il est
préférable à celui de l'assassin, car ici, dans cet
antre secret, vous ne châtiez pas, vous assassinez.

Le général Potokoff devint blême de fureur, et
ce fut d'une voix que la colère faisait vibrer qu'il
dit au juge suprême :

— Colonel Lonskoï, mon rôle est terminé, le
vôtre commence.

Le juge suprême commença ainsi son interrogatoire :

— Louba Polowna Sfiendrish, moi, juge suprême, je vous ordonne de répondre aux questions
que je vais vous poser : Comment avez-vous
connu Serge Mirianoff?

— Ceci, monsieur, appartient à ma vie privée

et ne regarde ni vous, ni la justice, ni le czar.

— Écrivez cette réponse, Nicolas Narrikoff, dit le juge suprême à l'un des juges assesseurs.

Et il continua, s'adressant à Louba :

— Je vous ordonne, au nom du czar, notre maître à tous, de nommer tous les membres du comité présidé par le comte de M..., et de dire de quelle nature étaient les papiers que vous avez détruits.

— Et moi, je vous répète, monsieur, qu'une femme telle que moi n'est jamais une délatrice, et qu'une princesse d'Askoff ne s'abaisse jamais à se faire espionne.

— Alors vous refusez de faire des aveux ?

— Oui, monsieur.

— Eh bien ! Louba Polowna Sfiendrish, je vous préviens que, si vous persistez dans ce coupable refus, le plète va avoir raison de votre obstination.

— Oh ! s'écria Louba, superbe d'indignation, votre âme est donc faite de boue pour que vous croyiez que la torture me rendra infâme et vile ! Mais, monsieur le juge suprême, vous n'avez donc

8.

rien lu, vous ne savez donc rien que torturer lâchement les innocents au nom de la force brutale et bêtement cruelle ? Ignorez-vous que jadis, à Rome, sous le despote Claude, Cæcina Pætus fut condamné à mort, et sa femme Arria lui dit qu'il devait se tuer lui-même afin d'échapper à la honte de la mort des criminels ? Elle lui présenta une coupe empoisonnée ; et, comme il hésitait, elle prit un poignard, se le plongea dans le sein, et, parvenant à vaincre la douleur physique, elle dit à son époux en souriant : Regarde, c'est vite fait, et cela ne fait point mal !

Lorsque Brutus fut à la veille de trancher la vie de César, Porcia se fit une large blessure ; et, comme son mari lui demandait pourquoi elle avait fait cela, elle répondit : C'est pour te prouver que je saurai te suivre au tombeau si tu échoues dans ton dessein !

Et, en effet, pour suivre son époux dans l'autre monde, elle avala des charbons ardents.

Une autre femme, une simple courtisane, celle-ci, Épicharis, entre dans la conspiration de Pison ; le complot découvert, on s'empare d'elle. Vos devanciers, dans le joli métier que vous faites, la mettent à la torture pour lui arracher le nom de ses complices; elle supporta tous les supplices sans dire un mot. Rentrée dans son cachot, comme on la menaçait de vaincre son mutisme par des supplices plus cruels encore, craignant que le corps fût plus faible que l'âme, elle s'étrangla avec ses mains afin de se forcer au silence. Et vous croyez que moi, Louba, princesse d'Askoff, j'aurai l'âme moins vaillante et moins haute que la courtisane Épicharis! c'est m'outrager, monsieur.

Le juge suprême ne dit rien, mais il fit un signe aux bourreaux qui s'approchèrent de la jeune fille. Le prince d'Askoff se leva, d'un bond il fut vers Louba. Sortant un revolver de sa poche :

— Malheur, cria-t-il, à celui qui osera toucher la princesse d'Askoff!

Il se produisit alors un trouble épouvantable. Le général Potokoff, le colonel Harrikoff et le second juge assesseur se précipitèrent vers le prince d'Askoff.

— Malheureux, lui dit le chef de police, oubliez-vous que vous êtes juge vous-même, et que, dans ce moment, vous entrez en rébellion avec la justice?

— Malheur, malheur à qui oseia toucher la princesse d'Askoff! hurlait toujours le pauvre père.

Louba, émue, lui tendit les bras.

— Ma fille, ma noble fille, s'écria-t-il en la serrant sur son cœur, pardonne-moi d'avoir failli à l'honneur, d'avoir été un misérable délateur. Dieu, tu le vois, me punit cruellement. Oh! pardonne-moi cette maladie hideuse qui envahit l'esprit du courtisan. L'horrible ambition m'avait vicié l'âme, mais je me réveille prince d'Askoff, je serai digne d'une telle fille !

Louba l'embrassa avec effusion en murmurant à son oreille :

— Merci, père, je t'aime et je ne te demande qu'une chose, n'implore pas mes bourreaux ; laisse-les accomplir leur crime, j'ai la vaillance du martyr ayant l'ardeur de sa foi.

— Mais, balbutia le pauvre père, je ne veux pas que ces misérables t'outragent par un châtiment infamant.

Les juges, les bourreaux se tenaient silencieux
à distance ; ils espéraient que le père allait amener
sa fille à faire des aveux et que celle-ci, ne serait-
ce que par pitié pour son père, s'y déciderait.

— Eh bien! murmura t-elle à l'oreille du
vieillard, tue-moi d'un coup de revolver.

— Oh ! fit le pauvre père, avec un geste d'effroi.

— Je t'en conjure, donne-moi cette suprême
preuve d'affection. Songe à l'honneur de notre
nom; tu le comprends, n'est-ce pas, je ne trahirai
pas les miens, le plète va s'abattre sur moi, sauve-
moi de ce déshonneur et de ce supplice.

Le prince d'Askoff devint pâle comme un tré-
passé, il serra convulsivement sa fille sur son cœur
puis, vivement, il lui appuya le canon de son revolver sur le cœur ; le coup partit, elle chancela et
tomba sur le sol.

Les juges essayaient de désarmer le prince, mais
il parvint à se dégager ; et, mettant le canon de
l'arme dans sa bouche, il se fit sauter la cervelle :
son cadavre retomba lourdement aux pieds du général Potokoff qui fut éclaboussé des pieds à la

tête par le sang et par la cervelle du suicidé. Louba,
inanimée, était étendue non loin de son père;
le médecin de la prison, appelé en toute hâte, déclara que le prince avait cessé de vivre, mais que
la balle ayant rencontré un acier du corset s'était
logée dans les côtes sans atteindre le cœur, et
qu'il espérait pouvoir sauver la jeune fille.

Les bourreaux, sur l'ordre du grand maître de
police, se servirent du kabilo comme d'un brancard, ils y posèrent Louba toujours sans connaissance, et ils la montèrent dans l'appartement du
directeur de la forteresse où elle fut couchée sur
un lit; le docteur s'installa auprès d'elle.

Le général Potokoff s'empressa d'aller au palais
conter ce drame et prendre des ordres. Voici ceux
qu'il reçut : porter le corps du prince d'Askoff chez
lui; transporter Louba à la maison de fous de
Létinia et donner le mot d'ordre pour qu'on dît
au public que le prince s'était suicidé à cause de
chagrins de famille, et que Louba, en l'apercevant
défiguré et sanglant, était devenue folle; — continuer l'interrogatoire des accusés; appliquer le
knout à Mirianoff s'il refusait de faire des aveux,

mais ne point appliquer ce supplice au comte
de M...

Nous retrouverons bientôt Louba, dans la maison de fous. Mais avant d'aller la rejoindre là,
assistons à l'interrogatoire de Mirianoff, et voyons
comment est appliquée la question dans la sainte
Russie.

Deux heures se sont écoulées depuis ce tra-
gique événement; les mêmes juges siègent, le colonel Varonkoff remplace le pauvre prince d'Askoff.

Quatre gendarmes amènent devant le sinistre
tribunal l'avocat Serge Mirianoff, et ils restent
autour de lui.

On lui pose les mêmes questions qu'on a posées
à la jeune fille; ses réponses sont empreintes d'une
noble fierté, il refuse de nommer ses complices, il
refuse de dire un seul mot qui puisse les compromettre.

—Je vous préviens, lui dit alors le juge suprême,
que si vous persistez dans votre coupable refus,
le knout aura raison de votre obstination.

— Essayez, monsieur, répond froidement l'accusé.

Le juge fait un signe, les gendarmes saisissent brutalement Mirianoff, le maintiennent; les bourreaux préparent le kabylo, qui est une planche horizontale de la largeur et de la longueur d'un homme, ils s'emparent de la victime, lui enlèvent tous ses vêtements, puis lui mettent un léger pantalon de toile : calme, impassible, mais fort pâle, il ne résiste pas.

Sa toilette ainsi faite, les bourreaux le prennent, l'un par les pieds, l'autre par les bras, et ils l'étendent sur le kabylo; ils font passer ses mains dans deux anneaux de fer qui se trouvent fixés dans le haut de la planche, la tête sans appui pend dans le vide, la face vers la terre, car il est couché à plat ventre. Ensuite, une fois les mains si durement serrées dans les anneaux, que le sang coule de ses poignets, les bourreaux tirent les pieds avec tant de violence que les os du supplicié craquent et se disjoignent; ils les font passer dans les anneaux fixés à l'autre bout du kabylo; ainsi étiré, le patient, torturé par le knout, ne pourra faire un seul mouvement sans se meurtrir les chevilles et les poignets et sans se disjoindre les os;

les inventeurs de cette horrible torture ont songé à tous les plus affreux détails.

Lorsqu'il est ainsi préparé au supplice par un supplice, les bourreaux s'éloignent et vont s'asseoir dans un coin de la salle, les juges reprennent leur place autour de la table, les gendarmes quittent la salle, le docteur se place à côté de Mirianoff, le juge suprême dit au bourreau qu'il doit administrer quinze coups, puis tout bas il lui dit :

— Inutile de tuer le coupable ; prends tes précautions.

Un juge assesseur se lève, vient se mettre à droite du supplicié. Un papier et un crayon à la main, il doit compter les coups. Le bourreau chef, celui qui doit remplir l'office d'exécuteur, s'empare du knout. Cet instrument de supplice est une longue lanière de cuir trempée dans de la limaille ; ses côtés sont recourbés et forment rainures de façon à ce qu'elle déchire bien les chairs et coupe les muscles comme un rasoir ; à son extrémité est fixé un croc de fer.

L'exécuteur enroule à son bras l'extrémité laissée souple, il se recule de quelques pas en se cour-

9

bant, par ce mouvement propre à la hyène qui va s'élancer sur sa proie, puis il se redresse, fait trois pas en avant, lève vivement le courbache et le rabat sur le dos du patient; au lieu de le soulever il le tire de haut en bas, la chair est enlevée par longues bandes. Mirianoff fait entendre un sourd gémissement; le bourreau se recule encore, et, une seconde fois, il abat le knout sur les chairs déjà meurtries du supplicié, qui, cette fois, pousse un hurlement de douleur, son sang jaillit en abondance.

Le juge suprême s'approche de lui:

— Voulez-vous parler ? lui dit-il.

— Non, répond Mirianoff.

Le juge va se rasseoir, et, sur un signe de lui, l'exécuteur laisse, pour la troisième fois, retomber son terrible instrument sur le dos du patient, qui fait entendre un hurlement qui n'a plus rien d'humain. Cette fois-ci, le bourreau n'a pas ménagé sa force; le sang a jailli avec violence, des muscles ont été coupés, le dos n'est plus qu'une plaie hideuse, le corps est devenu de cette teinte bleue et blafarde propre au cadavre.

Le juge s'approche encore et demande à Mirianoff s'il veut dire le nom de ses complices.

— Non, dit-il d'une voix basse mais ferme.

Le juge regagne sa place, et, pour la quatrième
fois, le knout s'abat sur le patient qui ne fait plus
entendre qu'un sourd gémissement. Le docteur se
penche vers lui, le regarde, lui tâte le pouls, et
dit :

— Il a perdu connaissance.

Alors, les bourreaux le détachent de l'instrument de supplice ; son corps disloqué, sanglant,
est horrible à voir ; sa chair violette et marbrée
rappelle celle du cadavre déjà en putréfaction. On
le pose sur un brancard et les gendarmes le portent à l'hôpital de la forteresse où on le soignera
avec soin, car il n'a point encore payé sa dette à
l'autocratie, et il faut qu'il ne meure pas avant de
s'être acquitté.

CHAPITRE VII

UN CABANON DE FOUS.

Dans une pièce de deux mètres carrés, ne recevant le jour que d'une petite lucarne, Louba d'Askoff était couchée sur un lit de sangles. Elle avait une fièvre ardente, et le délire lui faisait prononcer des phrases incohérentes ; pourtant, une femme à l'air dur et revêche, assise auprès du lit, notait scrupuleusement toutes ces phrases pour la police qui espérait que, dans son état inconscient, elle prononcerait peut-être les noms des membres haut placés du comité révolutionnaire.

Le docteur avait extrait la balle. Cette opéra-
tion douloureuse avait amené cet état fiévreux,
qui durait depuis neuf jours. Soudain, elle cessa de
parler, ses paupières se fermèrent, elle dormait.
Ce sommeil réparateur dura dix heures, et après
cela, le teint pâli, les yeux abattus, elle se réveilla.
La même femme était assise au pied de son lit,
un jeune docteur était debout à côté du lit. Elle
jeta un regard surpris autour d'elle.

— Où suis-je ? fit-elle.

Et elle essaya de se soulever.

— Ne remuez pas, lui dit le docteur, sans quoi
votre blessure va se rouvrir !

Elle ne se souvenait de rien, mais à ce mot
« blessure », le drame terrible se dressa devant
elle.

— Mon père ! mon cher père, où est-il ? s'é-
cria-t-elle.

Et comme le docteur ne lui répondait rien :

— Mort!... mort!... murmura-t-elle, et à cause
de moi !... Depuis combien de jours suis-je malade, monsieur ?

Et, comme le docteur se taisait encore :

— Mais parlez donc, monsieur, répondez-moi. Mon père est mort..., mais ses funérailles ont-elles eu lieu?... Et enfin, où suis-je ici?

— Dans la maison de santé de Létinia, madame, lui répondit froidement le docteur.

— Oh! dans une maison de fous!

Louba ferma les yeux et resta accablée de douleur.

Le docteur fit signe à la garde-malade qui vint découvrir la poitrine de la jeune fille, et il examina le pansement. Louba regarda cette plaie qui lui ouvrait la poitrine.

— Cette blessure est-elle dangereuse? docteur, dit-elle.

— Non, madame, le danger est passé. J'ai extrait la balle; dans quinze jours vous pourrez vous lever, à moins que, par un brusque mouvement, vous ne dérangiez le pansement et ne raviviez la plaie.

— Dès que je serai guérie on me transportera chez moi, n'est-ce pas? monsieur.

— Je n'ai rien à vous dire sur ce sujet, madame, je ne suis que médecin.

Et le jeune homme s'inclina et sortit de la cellule.

Louba se mit à considérer la vieille femme assise à côté de son lit ; son visage, aux traits durs et méchants, lui fit une fâcheuse impression. Pourtant, elle voulut lier conversation avec elle :

— Combien y a-t-il de temps que je suis ici ? demanda-t-elle.

— Ceci n'est pas mon affaire, lui répondit brusquement cette créature.

— Mais n'êtes-vous pas ma garde-malade ?

— Je suis une des gardiennes de l'établissement.

— Ah ! alors vous avez coutume de surveiller les folles et vous me traitez comme si je l'étais ; mais, détrompez-vous, j'ai toute ma raison, répondez donc à mes questions.

— Si vous n'étiez pas folle, vous ne seriez pas ici. Du reste, je vous avertis, pour vous éviter de vous fatiguer inutilement, que je ne répondrai pas un seul mot à toutes les demandes que vous m'adresserez.

Louba pensa qu'il n'était pas de sa dignité d'in-

sister auprès de cette femme. Pendant dix jours
elle ne lui adressa la parole que pour lui demander à manger ou à boire et elle resta absorbée dans
ses tristes réflexions. La scène de la forteresse lui
revenait à l'esprit dans ses moindres détails. Elle
comprenait qu'après avoir tiré sur elle, son père
avait dû essayer de se suicider, mais était-il mort
ou simplement blessé ? Elle en était réduite à sou-
haiter qu'il eût cessé de vivre ; car, vivant, le gouvernement lui aurait infligé la forteresse, ou l'aurait envoyé aux galères pour le punir d'avoir osé
se révolter contre la justice. Mort ou prisonnier,
elle le pleurait, et ses larmes étaient d'autant plus
amères qu'elle était responsable de la mort ou du
supplice. Elle pensait aussi à celui qu'elle nommait son époux, à cet homme qu'elle aimait de
toute son âme, à Serge Mirianoff, et une angoisse
terrible s'emparait d'elle. On avait dû l'interroger,
comme elle, il avait dû refuser de parler... et les
bourreaux avaient sans doute fait leur infâme besogne ! Etait-il mort ? Ou, sanglant et déchiré, souf-
frait-il sur un misérable grabat ?

Pauvre Louba ! Couchée sur un misérable lit,

dans une froide et triste cellule, avec une horrible mégère pour compagne, et avec ces mortelles inquiétudes, on comprendra combien les heures s'écoulaient douloureusement et lentement pour elle !

Enfin, un jour, le docteur lui permit de se lever. Ce fut avec un sentiment de joie qu'elle s'habilla ; guérie, pensait-elle, elle pourrait quitter cette prison, et elle aurait des nouvelles de son père et de Serge. Dès qu'elle fut assise sur un fauteuil, que, sur l'ordre du docteur, on lui avait apporté, elle fit prier le directeur de l'établissement de vouloir bien venir lui parler.

Le général, docteur Lessenf, se rendit immédiatement près d'elle. Voici, dans sa sécheresse laconique, la conversation de Louba avec ce fonctionnaire :

— Pourriez-vous me dire, général, pourquoi on m'a apportée ici, au lieu de me porter à l'hôpital ?

— Non.

— Pouvez-vous me donner des nouvelles du prince d'Askoff, mon père ?

— Non.

9.

— Combien y a-t-il de temps que je suis ici ?

— Je ne sais.

— Vous êtes donc tout nouvellement nommé directeur de cette maison ?

— Je la dirige depuis vingt ans.

— Et vous ne savez pas combien il y a de jours que je suis ici ?

— J'ai ordre de ne répondre à aucune de vos questions.

— Très-bien... et auriez-vous aussi reçu l'ordre, par hasard, de refuser de me dire dans quel mois nous sommes ?

— Oui.

— Vous êtes, monsieur, un geôlier peu courtois, heureusement que me voilà guérie, veuillez le faire savoir à qui de droit. J'aime encore mieux retourner prisonnière dans la citadelle, que de rester dans cette maison.

— Pour ceci, je puis parler. Dans sa clémence, le czar a ordonné de vous traiter avec douceur ; au lieu de suivre vos complices aux mines de la Sibérie, vous finirez vos jours dans cet établissement, et, vous le voyez, on vous a gâtée, vous avez la plus belle chambre de la maison.

Louba se leva toute droite, les yeux dilatés par la terreur; elle jeta un regard effaré autour d'elle, puis, fixant le docteur Lessenf:

— Vous dites, monsieur, que je dois finir mes jours ici?

— Oui, madame.

— Mais c'est impossible, et d'abord, ceci est une maison de fous.

— Oui, et vous y êtes inscrite comme folle, sur les registres d'entrés.

— Comme folle! mais c'est une infamie!

— C'est un acte de clémence et vous devez bénir le czar.

— Pouvez-vous me dire quelle sera ma vie ici?

— Voici votre chambre; on vous apportera vos repas et deux fois par semaine, il vous sera permis de descendre au jardin pendant une heure.

— Veuillez me faire envoyer des livres.

— Impossible, il m'est défendu de vous en donner.

— Donnez-moi au moins du papier et de l'encre.

— Il m'est formellement défendu de vous en procurer.

— Mais alors, que j'aie au moins une servante avec qui je puisse échanger quelques paroles. La femme que vous avez mise près de moi est muette et revêche.

— Toutes seront ainsi, elles auront l'ordre de vous surveiller sans répondre à aucune de vos questions.

— Mais c'est odieux, monsieur.

— C'est possible, madame, j'exécute, moi, les ordres reçus sans les discuter, ni même les juger.

— Mais, enfin, j'ai le droit d'avoir des nouvelles de mon père et de savoir par quel jugement je suis condamnée à mourir ici.

— Je vous l'ai dit, par la volonté souveraine.

— Donnez-moi du papier, je veux écrire au général Potokoff, j'écrirai devant vous et vous donnerai ma lettre tout ouverte.

— Le général lui-même a défendu qu'on vous

laissât écrire à qui que ce fût. Adieu, madame, si
la nourriture qu'on vous donnera était insuffisante
et mauvaise, vous pouvez me faire appeler.

Il salua et sortit.

Louba se laissa retomber sur son fauteuil ; elle
resta une heure écrasée sous le poids d'une terreur
intense... La mort, la Sibérie l'auraient trouvée
forte et résignée, mais l'horrible perspective de
finir ses jours, seule dans ce froid tombeau, sans
savoir rien, même sur le sort de son père et de
Serge Mirianoff, l'affolait ; enfin son pâle visage
prit soudain une expression farouche et décidée...
elle allait mourir ; d'un regard elle chercha par
quel moyen elle pourrait se donner la mort. Elle
ne pouvait atteindre la lucarne éclairant la prison,
et, du reste, elle était trop étroite pour donner
passage à son corps, elle ne voyait aucune arme,
pas même un canif... Alors elle alla à son lit ; avec
ses dents elle s'efforça de déchirer la grosse toile
d'un de ses draps ; y étant parvenue, elle en fit une
longue bande, puis, ne voyant rien autre pour
l'attacher, elle la noua au fer du lit, se disant qu'elle
tirerait dessus marchant en sens inverse ; elle fit une

sorte de nœud coulant et se le passa au cou. Mais deux femmes entrèrent brusquement chez elle, la saisirent chacune par un bras et lui mirent une camisole de force.

— Eh quoi ! s'écria-t-elle, on m'ôte jusqu'à la liberté de me tuer ?

Ces femmes, muettes, impassibles, ne lui répondirent rien. Quand elles eurent fini de lui mettre la camisole de force, elles s'assirent.

Louba se rassit, morne, désespérée ; tout à coup une lueur de joie fit briller son regard, elle pouvait se tuer encore en se brisant la tête contre le mur ; elle se leva vivement pour réaliser sa fatale détermination, mais ses gardiennes avaient deviné son projet ; elles se jetèrent sur elle, la forcèrent à se rasseoir et la lièrent par la taille au dossier du fauteuil.

A six heures, on apporta son dîner. Une de ses féroces gardiennes voulut la faire manger, mais elle refusa tout aliment ; il lui restait la mort par la faim, la plus horrible de toutes, c'est vrai, pourtant elle s'y résolut.

Ces femmes la déshabillèrent, mais lui remirent

la camisole de force, et elle fut même liée à son lit.

Elle passa une nuit terrible, la fièvre l'avait reprise, la soif la torturait, mais elle refusait toute boisson.

Le matin, le jeune docteur qui l'avait soignée jusque-là, revint la voir. Une seule des gardiennes était dans ce moment près d'elle ; elle conta au docteur les tentatives de suicide de Louba et ses constants refus de prendre aucune nourriture ni aucune boisson.

— Nous allons bien voir si nous n'aurons pas raison de cette révoltée, dit-il d'un air de colère.

Et il ordonna à la femme d'aller lui chercher un entonnoir.

Dès qu'elle fut sortie, il se pencha vers Louba, et lui dit tout bas :

— Princesse, vos amis savent que vous êtes ici, ils me chargent de vous dire qu'ils vous délivreront ; et moi, je vous le jure, s'ils échouaient, je vous donnerais une potion pour vous délivrer de cette prison.

— Seriez-vous des nôtres ? dit Louba, en

fixant ses yeux anxieux sur ceux du jeune homme.

— Oui...

Et il murmura à son oreille la phrase de ralliement des nihilistes.

— Alors, dites-moi bien vite ce que vous savez de mon père.

— Mort !... il s'est tiré un coup de revolver dans la bouche, après avoir tiré sur vous.

— Dieu soit béni ! Mort, il a échappé à ses féroces bourreaux... Et le comte de M...? et Serge Mirianoff ?

— Condamnés aux mines, à perpétuité.

— Ah ! mon pauvre Serge !

Un sanglot l'étreignit à la gorge.

— Nous les sauverons... Une grande conspiration se trame... Mais silence et prudence, ajouta vivement le docteur.

La gardienne revenait avec l'entonnoir. Le docteur avait repris l'air dur et grave.

— Voulez-vous, oui ou non, boire ? dit-il.

Louba fit signe qu'elle boirait ; et, en effet, elle avala une tasse de bouillon que le docteur lui

présenta. En s'éloignant, il recommanda à la gardienne d'avoir recours à la force si la malade se
mutinait encore.

Louba pleura longtemps en pensant à son cher
père, mais ses larmes étaient douces. Elle aurait
été plus triste encore de le savoir condamné aux
mines ou, comme elle, enfermé dans un sombre
cachot. Pour certains grands désespérés, la
mort est le port, elle est le salut.

Mais, en songeant à son bien-aimé époux, à
Serge, ses larmes devenaient amères. Lui, allait
endurer une torture épouvantable, il allait souffrir
mille fois la mort ! Ces mots du docteur : Nous les
sauverons... nous vous délivrerons... une grande
conspiration se trame... se représentaient à son
esprit, mais ils lui donnaient peu d'espoir. Elle se
disait même avec tristesse que cette généreuse
tentative allait, hélas ! donner de nouvelles victimes à l'autorité.

Quoique ne comptant pas sur sa délivrance, elle
renonça pourtant à se laisser mourir. Elle se
sentait moins seule et moins abandonnée à la
merci de ses cruels bourreaux. Chaque matin, le

jeune docteur venait la voir, et, par un signe ou
une pression de main, il semblait lui dire : Espoir
et courage ! . . . .

. . . .

. . . .

Un matin, quatre lourdes voitures de paysans
s'arrêtèrent à la porte de l'établissement de fous.
Le portier s'approcha des moujicks qui les conduisaient. Ils étaient douze, trois par voiture.

— Que voulez-vous? leur dit-il.

— Vous le voyez, nous apportons du bois.

— Mais, dit le concierge, on ne m'a pas prévenu qu'il dût en arriver aujourd'hui, et, du reste,
M. le général directeur est absent.

— Nous le savons bien, dit l'un des moujicks,
puisque nous l'avons laissé sur le grand canal occupé à marchander une autre barque de bois ; et,
du reste, voici l'adresse, et le bois est payé.

Ceci décida le portier ; puisque le bois était payé,
il devait le recevoir. La lourde porte de fer roula
sur ses gonds en faisant entendre un grincement
lugubre ; les charretiers entrèrent et se mirent à
décharger lentement le bois. Le portier les sur-

veillait. Soudain, malgré l'heure matinale, quatre
calèches, attelées de superbes chevaux, passèrent
devant la porte. Trois s'arrêtèrent à quelque distance, la quatrième s'arrêta devant la porte. Elle
était conduite par un homme en uniforme de général.

— Ohé! Ohé! Maximinus, viens ici, cria-t-il.

Le portier accourut et salua bien bas en voyant
le grade de celui qui l'appelait.

Le général sauta à terre, et, d'une voix de
commandement, il lui dit :

— Monte dans la voiture, tiens bien mes chevaux.

— Mais, voulut hasarder le portier, j'ai ordre
de ne pas quitter mon poste.

— Qu'est-ce à dire? dourack (imbécile), ne sais-
tu pas qui je suis, pour oser me désobéir?

Cette phrase fut magique, quoique cet homme
ignorât absolument qui lui parlait. Mais, se disant que, pour ordonner ainsi, il devait en avoir le
droit, il se dépêcha de monter sur le siége.

En descendant, et comme par mégarde, le général avait laissé tomber les guides ; il se baissa,

fit semblant de les ramasser, mais, d'un canif qu'il
tenait dans sa main, il piqua violemment le ventre
d'un des chevaux. La pauvre bête rua, puis se
cabra ; l'autre, effrayé, partit au galop, et les voilà
tous deux emballés, courant affolés droit devant
eux. Le malheureux Maximinus, tout en se cram-
ponnant au siége, poussait des hurlements d'effroi.

Les rares promeneurs, qui se trouvaient à cette
heure matinale sur la Létinia, se mirent à courir
après la voiture, curieux de savoir ce qu'il allait
arriver.

Le général, sans se préoccuper de ses chevaux
ni du portier, jeta un coup d'œil dans la rue. Satisfait de la voir déserte, il entra en courant dans
la cour de la maison de fous ; les douze moujicks
vinrent au-devant de lui.

— Tout va bien, faisons vite, leur dit-il à voix
basse ; elle est au premier couloir, à droite, porte
nº 18. Que deux de vous viennent avec moi, et
que les autres veillent à tenir le chemin libre.

Trois restèrent dans la cour, les autres s'éche-
lonnèrent dans l'escalier et dans le couloir. Tout
était désert dans ce moment ; les domestiques

étaient occupés ailleurs, et les gardiennes étaient
enfermées dans les cellules.

Le général entra, suivi des deux moujicks, dans
la cellule de Louba d'Askoff. Il lui dit en français :

— Nous venons vous délivrer ; faisons vite.

La gardienne, étonnée, allait crier. Les deux
moujicks ne lui en laissèrent pas le temps ; ils se
jetèrent sur elle, la bâillonnèrent et l'attachèrent
au fer du lit.

Pendant ce temps, le général coupait en dix
morceaux la camisole de force qui retenait prison-
sonniers les bras de Louba d'Askoff, puis il lui
donna un pantalon ; elle le mit vivement. Ceci
fait, il lui mit la capote blanche des chevaliers-
gardes. Il lui colla sur la lèvre une fausse mous-
tache, lui donna un lorgnon. Elle roula ses cheveux sous la casquette blanche, mit par-dessus le
capuchon d'uniforme de ce corps. Ainsi travestie,
il était impossible de la reconnaître. Tout ceci s'é-
tait fait en quelques minutes, et sans qu'une seule
parole fût échangée.

Ils sortirent tous les quatre. Le général marchait

en tête, un revolver à la main ; Louba le suivait, les deux moujicks fermaient la marche.

Dans le couloir, ceux laissés en sentinelles avaient bâillonné deux gardiens et un inspecteur qui avaient eu la maladresse de venir flâner par là.

L'escalier et la cour étaient déserts, la rue l'était aussi. La foule était occupée, cinq cents pas plus haut, à relever les chevaux qui, ayant accroché la voiture à un réverbère, s'étaient abattus, et à ramasser le pauvre Maximinus que le choc avait jeté sur le pavé, et qui était tout sanglant.

Le général et tous les moujicks enlevèrent prestement leurs costumes ; ils en prirent d'autres qui étaient cachés dans une des voitures de bois, et ils les endossèrent. Les uns se trouvèrent transformés en civil, d'autres en officiers de gendarmerie, et d'autres, enfin, en chevaliers-gardes. Le général prit le costume de capitaine de la garde à cheval.

Une calèche stationnait en face. Sur un coup de sifflet, le cocher la fit entrer. On y jeta pêle-mêle tous les costumes que ces hommes venaient de quitter. Le cocher était aussi un complice, car, sans prendre aucun ordre, il repartit au grand galop.

Celui qui était venu en costume de général s'é-
loigna avec Louba. A quelques pas de là, un drosky
de maître attendait; ils y montèrent tous les deux,
et s'éloignèrent au grand trot de deux superbes
chevaux anglais. Les autres conjurés s'éparpillèrent,
deux par deux, dans les rues voisines de la Létinia.

Cet enlèvement s'était opéré en quelques minutes.

On avait placé le portier sur un brancard, et
deux gardawoï (sergents de ville) le rapportaient à
la maison de fous.

Quoiqu'ayant une épaule démise et un trou à la
tête, il n'avait pas perdu connaissance, et il avait
pu donner son adresse.

Au moment même où ils entraient dans la cour,
le général docteur Lessenf, revenant de la promenade, entrait, lui aussi, dans la cour. Il s'approcha du brancard, et reconnaissant le portier :

— Que t'est-il donc arrivé ? lui dit-il.

— Les chevaux se sont emportés, il a été lancé
sur le pavé, répondit un des gardawoï.

— Les chevaux ? Quels chevaux ?

— Ceux du général qui m'avait ordonné de garder sa voiture, dit Maximinus.

— Quel général?

— Je ne sais, Votre Excellence.

Et le pauvre Maximinus, qui souffrait horriblement, se mit à geindre.

— Qu'est-ce que c'est que ces voitures? Qu'est-ce que c'est que ce bois?

— Celui que Votre Excellence a acheté.

— Mais, animal, je n'ai pas acheté de bois! Et où sont les conducteurs de ces charrettes?

Maximinus voulut répondre, mais sa réponse se confondit dans un cri de douleur et il perdit connaissance.

Les gardawoï avaient posé le brancard par terre par un mouvement un peu brusque, l'épaule démise du pauvre homme avait été heurtée.

Le docteur pria les gardawoï de le porter dans sa loge et de le coucher sur son lit. Inquiet, sentant vaguement qu'il devait se passer quelque chose d'extraordinaire, il monta chercher l'inspecteur : bientôt il fit entendre un juron formidable, il venait d'apercevoir ledit inspecteur et deux gardiens liés et bâillonnés ; il les détacha.

— Que s'est-il donc passé ? s'écria-t-il.

Ceux-ci, encore tout émotionnés, ne purent que lui dire :

— Ce sont des moujicks.

—Des moujicks ! mais, comment sont-ils entrés ? Que faisaient-ils ? Que voulaient-ils ?

— Nous n'en savons rien, répondirent en chœur ces trois hommes.

A ce moment, un cri de surprise se fit entendre dans le couloir, et une voix cria :

— Mais, où est donc la princesse ?

Le docteur Lessenf commença à comprendre. Il gravit l'escalier quatre à quatre, il arriva à la cellule 18 ; en la voyant vide et en apercevant la gardienne liée et bâillonnée, la colère le suffoqua à tel point qu'il se laissa tomber haletant sur un siège. Ceci ne faisait plus aucun doute pour lui : on avait enlevé Louba d'Askoff, et, lui, son geôlier, il allait perdre sa position et peut-être sa liberté !

Pendant qu'il faisait ces tristes réflexions, on

10

déliait la gardienne, qui, débarrassée du bâillon,
put parler. Le docteur Lessenf s'empressa de lui
demander ce qui s'était passé. Mais elle ne put
pas donner de grands éclaircissements, car, en la
bâillonnant, on lui avait aussi bandé les yeux. Elle
n'avait donc pas vu le travestissement de la prisonnière en chevalier-garde ; elle n'avait vu que
deux moujicks et un général qui s'étaient jetés sur
elle et l'avaient bâillonnée. Ces hommes étaient
restés pendant quatre ou cinq minutes silencieux,
puis ils s'étaient éloignés.

Qui était ce général ? Voilà ce qu'il importait
à Lessenf de savoir. Alors, il se rappela le malheureux portier qui gisait inanimé et sanglant
sur son lit : l'intérêt et non la pitié le portèrent
à aller prodiguer des soins à cet homme, afin de
le mettre promptement en état de parler.

Il le fit panser par son médecin en second, qui
lui remit l'épaule, lui posa un appareil; après quoi
on lui fit avaler un verre de cognac, qui, instanta-
nément le fit revenir à lui. Il jeta un regard
étonné autour de lui, comme tous ceux qui sortent d'un évanouissement ; il ne se souvenait plus

de rien, mais le docteur Lessenf lui rafraîchit bien
vite la mémoire en lui disant :

— A présent, bandit, si tu ne dis pas toute la
vérité, tu mourras sous le knout.

Maximinus fit un brusque mouvement de peur,
en entendant parler de cet instrument de supplice ;
ce mouvement lui arracha un cri de douleur.
D'un air hébété de surprise, il regarda l'appareil
qui lui tenait l'épaule, et il porta la main à sa
tête couverte de compresses d'eau glacée.

— Animal, tiens-toi tranquille, lui dit le docteur, tu as l'épaule démise et la tête fracturée.

— Oh ! les maudits chevaux de Satan... je me
souviens maintenant, murmura le pauvre diable,
en se mettant à sangloter.

— Garde tes larmes pour le jour où le knout dé-
chirera ta chair, lui dit brutalement Lessenf, et, à
présent, dis-moi ce qui s'est passé, et malheur à
toi si tu mens.

Maximinus fit de nombreux signes de croix, puis,
il jura sur son saint patron, sur les saintes images,
de dire la vérité, et il conta ce que nous savons :
l'arrivée des moujicks avec leurs voitures de bois,

la venue du général qui lui avait ordonné de monter sur le siège et de tenir les chevaux.

— Pourquoi as-tu quitté ton poste ? dourack !

— Mais, Votre Excellence, comment pouvais-je refuser d'obéir à un général !

— Enfin, l'as-tu reconnu, au moins, ce général ?

— Non, il y tant de généraux ! Seulement, celui-là, quoiqu'il me parût jeune encore, avait une longue barbe blanche et des lunettes bleues. Il sera donc facile à retrouver.

— Idiot ! double brute !... c'est-à-dire qu'il sera impossible à reconnaître. Ce que tu me dis là me prouve qu'il était grimé.

Le docteur Lessenf, voyant qu'il ne pouvait pas tirer des renseignements utiles du blessé, donna l'ordre aux deux gardawoï de rester dans la cour et de faire bonne garde ; il monta en voiture et il se rendit en toute hâte à la préfecture de police.

Le Russe est l'homme le plus doux, le plus policé de l'Europe, mais, douceur et urbanité ne sont que superficielles ; c'est un vernis qu'il a jeté sur sa rude écorce, dans la colère il redevient lui, c'est-à-dire emporté jusqu'à la limite extrême qui

rapproche l'homme de la brute ; les mots les plus
grossiers sortent fiévreusement et violemment de
sa bouche ; rien n'est plus différent d'un Russe
à l'état calme qu'un Russe en colère. Dans le premier état, c'est un charmeur, un grand seigneur
de la cour de Louis XIV ; dans le second état, c'est
le portefaix ivre de vin ou de fureur.

En apprenant l'enlèvement de la princesse d'Askoff, le général T..., chef de la police, et le général
Potokoff, chef de la troisième section, firent tomber
sur la tête du docteur Lessenf une avalanche d'in-
jures dignes du vocabulaire de la halle. Le docteur
courba la tête et laissa passer cet orage, puis il
essaya de démontrer qu'il n'était pas coupable,
qu'il n'y avait eu aucune négligence de sa part.

— Comment ! aucune négligence ! s'écria le général Potokoff, il y a eu peut-être pire que cela,
complicité... La princesse est riche, elle a des amis
puissants et riches. ils vous auront acheté.

— Oh ! Excellence... vous m'insultez.

— Allons donc ! est-ce que tout ne s'achète
pas en Russie ? Ne sait-on pas que la vénalité est le
caractère national ? Et, en tout cas, vous êtes pri-

1).

sonnier ; et si les personnes qui ont enlevé la princesse ne sont pas retrouvées, c'est vous qui serez
déclaré responsable.

— Lessenf devint très-pâle ; un léger tremblement
agita ses membres, il prévoyait un triste avenir.
Mais il connaissait si bien ceux qui lui parlaient,
qu'il ne tenta pas de protester contre son arrestation, ni d'essayer de les attendrir. Il comprit que,
pour se décharger de l'accusation méritée de faire
mal la police, il leur fallait une victime; qu'ils le
choisissaient, lui, pour cette victime, et que tout ce
qu'il dirait serait inutile. Il se laissa donc conduire en prison, sans plus protester de son innocence.

Pendant quinze jours, la police fit enquêtes sur
enquêtes, arrestations sur arrestations, mais ce
fut en vain, elle ne parvint à retrouver ni le fameux général à barbe blanche et à lunettes bleues,
ni les douze moujicks. Les auteurs de cet enlèvement restèrent inconnus, et on ne retrouva pas la
princesse d'Askoff; la police ne put pas même
parvenir à se procurer le plus petit indice sur le
pays où elle s'était réfugiée.

Le malheureux portier, interrogé et brutalisé par les policiers et les juges, eut un transport au cerveau qui l'envoya dans un monde meilleur, dans lequel il n'avait plus à redouter le knout.

Mourir, c'est le seul événement heureux pour les hommes livrés à la merci d'un gouvernement tyrannique et autocratique.

Le docteur général Lessenf, enfermé dans un cachot, méditait tristement sur le danger d'occuper en Russie un poste de confiance, et il comprenait bien, pour la première fois, toute la portée de ce proverbe russe : Être coupable sans culpabilité.

L'auteur russe Iscander, dans une brochure grosse de vérités intitulée : *Du développement des idées révolutionnaires en Russie,* fait la remarque suivante: « La Russie paraît si tranquille, qu'on a de la peine à croire qu'il s'y passe quelque chose. Peu de gens savent ce qui se fait derrière le linceul dont le gouvernement couvre les cadavres, les taches de sang et les exécutions, disant avec hypocrisie et arrogance qu'il n'y a ni sang, ni cadavre derrière le linceul. »

Depuis cinq mois, peu de gens savaient, en effet,

ce qui se passait. On avait assisté à l'enterrement du prince d'Askoff, constaté la disparition de Louba, les initiés s'étaient bien gardés de parler; par pru- dence ils affectaient une complète indifférence ; les non initiés comprenaient qu'il y avait là-dessous un mystère politique, et ils étaient muets.

Les parents mêmes de la famille d'Askoff affec- tant de ne jamais parler de la mort du prince, ni de Louba, aucun d'eux n'avait essayé de chercher à savoir où elle était.

Être parent ou ami d'un personnage compromis en politique suffit, en Russie, pour faire de vous un coupable sans culpabilité, et la police trouve que cette catégorie mérite, comme celle formée des coupables avec culpabilité, les châtiments les plus sévères. Aussi, parents et amis des gens emprison- nés s'empressent-ils d'imiter Judas; ils les renient, ils affectent de ne plus songer à eux.

C'est ce que faisaient les parents et amis de la famille d'Askoff, de celle du comte André de M... et celle de Mirianoff.

Ne les accusons pas trop de manquer de cœur: en temps d'épidémie, par exemple, alors que la

mort fauche des hommes par centaines chaque
jour, les hommes, et les meilleurs, arrivent à voir
mourir les leurs avec une complète indifférence;
ils se disent : Aujourd'hui eux, demain moi. Et ils
veulent jouir de leur reste de vie, ils tâchent de
se distraire, ils s'amusent même.

En Russie, prison, exil, knout, sont trois maux
terribles, dont tout homme est sans cesse menacé;
et il voit partir d'un œil sec les victimes de ces
fléaux, en se disant : Demain ce sera mon tour.
Et, fiévreusement, il jouit de son restant de vie et
des courts instants de liberté qui lui restent.

Depuis cinq mois, du reste, on arrêtait en masse
dans la société et parmi les étudiants, chacun crai-
gnait pour lui; le meilleur moyen de n'être pas
suspect, était de s'amuser à outrance; ceux qui
savaient ce qui se passait s'amusaient, ceux qui
l'ignoraient, s'amusaient aussi.

L'orgie, le jeu, la débauche sont jetés en pâture
aux Russes, comme on donne aux enfants des jou-
joux pour obtenir qu'ils ne touchent pas aux
choses sérieuses.

Ceux qui lisent sont considérés comme hostiles

au pouvoir, ceux qui veulent être bien notés,ne lisent pas, ou lisent des futilités étrangères.

Mais, au milieu des fêtes et des parties de plaisir, souvent, quelques mots tout bas étaient échangés entre certains Russes, et, parfois dans le boudoir d'une grande dame, des hommes causaient à voix basse avec des femmes du monde : ni l'amour, ni la galanterie n'entraient pour rien dans ces mystérieuses conversations.

Dans les orgies même les plus folles, parfois, deux ou trois hommes buvaient peu, ils conservaient leur raison, et, lorsque tous les autres convives avaient roulé ivres morts sous la table, ils se parlaient aussi tout bas.

Ces hommes et ces femmes étaient des nihilistes se donnant les nouvelles, se transmettant les ordres du président du comité ayant remplacé le comte André de M..., et se concertant sur ce qu'il y avait à faire.

C'est ainsi que l'enlèvement de Louba avait été décidé au milieu d'une orgie chez Samarkante. Mais, en apparence, tout était calme à Pétersbourg et le plaisir seul semblait y régner en maître absolu.

CHAPITRE VIII

FUITE. — CHATEAU EN RUINE. — LE BAPTÊME DU FEU.

Revenons en arrière, et voyons comment Louba d'Askoff est parvenue à se soustraire à toutes les recherches de la police et où elle s'est réfugiée.

L'homme habillé en général avait, comme je l'ai dit, dépouillé ce costume pour endosser celui de capitaine de gardes à cheval ; il avait aussi vivement remplacé la grande barbe blanche par une barbe noire et les lunettes bleues par un binocle. Ce nouveau déguisement n'avait pas permis à la jeune fille de reconnaître son ex-fiancé, André de Z... dans son sauveur, mais elle le suivait en voiture, comprenant qu'il devait être un frère en nihilisme; très-émus tous deux, elle, de se voir en liberté, lui, d'avoir pu sauver la femme qu'il aimait bien plus encore, depuis qu'elle s'était montrée brave et intrépide devant ses bourreaux, ils se taisaient.

La voiture arriva devant la gare de Moscou ; un homme, un affilié sans doute, s'approcha d'André de Z..., lui serra la main et lui dit :

— Venez, le wagon est retenu pour nous trois.

Et, s'adressant à Louba :

— Descendez, lui dit-il, marchez à côté de moi, ne parlez pas, soyez prudente.

Deux minutes après, ils étaient tous les trois installés dans un coupé-salon.

André quitta sa barbe postiche et ses lunettes, et Louba reconnut son ex-fiancé.

— C'est vous! c'est vous, mon cher André, lui dit-elle, en lui serrant la main avec effusion.

— Oui, c'est moi, ma chère Louba.

— Eh quoi! vous avez risqué votre vie pour moi qui...

Elle n'osa achever.

— Oui, et avec bonheur; je n'ai pas su me faire aimer, un autre a été plus heureux que moi, je n'ai pas le droit de vous en vouloir; si vous l'avez aimé, lui, c'est qu'il le méritait plus que moi.

— Silence et prudence! mes amis, leur dit tout bas leur compagnon, n'oubliez pas que tout a des oreilles en Russie, même les voitures de chemin de fer.

— Vous avez raison...

Et, baissant la voix, Nicolas dit à la jeune fille :

— Je vous présente un des nôtres, Boris Soliloï, un Moscovite.

Louba tendit la main cordialement au jeune homme :

— Mais où me conduisez-vous? dit-elle, à ses compagnons.

— Vous le verrez bientôt, princesse, lui répondit à voix basse celui qu'on venait de nommer Boris Soliloï, à présent vous êtes Volodio, un jeune chevalier-garde; nous allons rire tout haut, et causer

11

femmes, chevaux, jeux ; mais vous, gardez le silence, votre voix pourrait vous trahir.

Après neuf heures de trajet, on arriva à une petite station. Nos trois conjurés y descendirent, montèrent dans une voiture qui les attendait ; elle les conduisit dans la petite ville de ***, ils entrèrent dans un hôtel, y attendirent la nuit enfermés dans une chambre. A dix heures, alors que tous les habitants de la paisible cité dormaient, ils sortirent de l'hôtel, gagnèrent les faubourgs, puis, entrèrent en pleine campagne. Boris Soliloï siffla par trois fois, trois coups de sifflet pareils lui répondirent. Alors, ils firent halte, et bientôt une voiture traînée par trois vigoureux chevaux arriva au galop vers eux.

Boris s'approcha de celui qui conduisait :

— Est-ce vous ? prince.

— Oui... Tout a-t-il réussi?... est-elle là ?

Louba reconnut la voix du prince de V..., un ami de son père.

— Comment!... vous!... vous aussi, vous vous compromettez pour moi? lui dit-elle.

— L'amitié que j'avais pour lui me fait un devoir

de vous venir en aide; et, du reste, n'ai-je pas fait
le serment solennel d'obéir au comité? Or, le comité
a ordonné de vous délivrer, ne me remerciez pas,
et vite montez tous et en route. Moi, je reste à
mon poste de cocher.

Les chevaux partirent au grand galop, emportant
nos quatre personnages.

— Et maintenant que nous voilà loin de toute
oreille indiscrète, dit André, je vais vous dire où nous
allons vous cacher provisoirement. Le prince de V..
a un bien ici près; la maison d'habitation est délabrée, depuis quinze ans il ne l'habite plus, la
ferme est très-éloignée, la maison est isolée au
milieu d'un bois. En cachette nous avons rendu
deux pièces à peu près confortables, nous y avons
accumulé des provisions, des costumes de toutes
sortes, nous avons calfeutré avec de la laine noire
les fenêtres d'une pièce, afin que du dehors on n'a-
perçoive pas la lumière; vous resterez là, on croira
la maison toujours inhabitée.

— Mais, s'écria Louba, cette prison sera lugubre
et j'y aurai peur; songez donc, seule dans une
maison déserte.

— Nous viendrons vous y voir la nuit. Boris
Soliloï a un château à quinze verstes de là, j'y suis
installé ainsi que le prince de V..., nous y resterons
bien ostensiblement à festoyer, et, le soir, lorsque
tout le monde dormira, nous viendrons à tour de rôle
vous visiter. Du reste, tout est prêt pour vous faire
passer à l'étranger, dès que la police, lassée de vous
chercher, laissera un peu de répit à ses limiers.

Louba d'Askoff songeait à son bien-aimé, Serge
Miriănoff. Elle se demandait avec anxiété s'il
était vivant; s'il était encore en prison, ou bien
déjà en route pour la Sibérie, et cependant elle
n'osait pas prononcer son nom. André l'aimait
toujours, elle le savait, il venait de jouer sa vie
pour la délivrer; il lui semblait qu'il serait cruel
à elle de lui rappeler que son cœur, son souvenir,
ses pensées, tout était pour Serge Mirianoff, son
rival; elle se taisait donc sur ce sujet, attendant
que ses compagnons l'abordassent d'eux-mêmes.

Après une course de deux heures, dans des che-
mins affreux, on arriva dans un bois de sapins.

— Il faut, dit le prince de V..., mettre pied à terre
ici; je vais garder les chevaux; vous autres, allez ins-

taller la princesse, et puis revenez: il faut qu'on vous voie demain et que nul ne sache que vous avez été tous les deux à Pétersbourg.

André offrit son bras à Louba, Boris Soliloï marcha devant en éclaireur et ils suivirent un petit sentier sinueux, pendant un quart d'heure.

André, serrant sur son cœur le bras de la jeune fille, lui dit :

— Si vous saviez ce que j'ai souffert, Louba, en vous sachant prisonnière ! Mes cheveux en ont blanchi ; vous le verrez, je grisonne ; mon désespoir et mes angoisses m'ont appris combien est puissant l'amour que vous m'avez inspiré.

— Ah ! s'écria Louba, vous m'aimez, dites-vous, et vous osez me parler de votre amour ! Non, non, vous ne m'aimez pas comme je mérite de l'être, car vous me jugez mal.

— Que voulez-vous dire ? moi, je vous juge mal!

— Oui, puisque vous ne comprenez pas que mon cœur, mon âme, tout mon être enfin appartient au pauvre prisonnier Serge, mon époux devant Dieu. Si vous m'aimiez, vous auriez deviné que je meurs d'envie de connaître son sort, d'avoir de ses nouvelles, et vous me parleriez de lui et non de votre amour.

André de Z... resta une minute silencieux, Louba sentit une larme tomber des yeux du jeune homme sur sa main.

—Ah! pardonnez-moi, lui dit-elle, je vous ai peiné, j'ai été brutale et cruelle pour vous, qui venez de me sauver du supplice odieux de la camisole de force et de la plus terrible des prisons. Pardonnez-moi; que voulez-vous, ce n'est pas ma faute, j'aime mon époux d'un amour si exclusif et si ardent, que...

Elle s'arrêta, n'osant achever.

— Que mes paroles d'amour vous ont froissée. C'est cela, n'est-ce pas, que vous avez voulu dire?

— Oui, dit-elle tout bas.

— C'est naturel, cela devait être, je n'ai rien à vous pardonner. C'est toujours moi qui suis coupable. A mon tour, je vous dis : Il faut m'excuser, Louba, je vous aime tant que, malgré moi, des paroles d'amour sont sorties de ma bouche; et puis, songez que je vous avais crue ensevelie pour toujours dans cette horrible prison. Grâce à nos

frères qui m'ont si bien secondé, vous voilà libre.
La joie que j'en éprouve me monte à la tête et me
grise. Vous voulez des nouvelles de Mirianoff? Il
vit; il est condamné à la Sibérie.

— Est-il en route?

— Non, il est encore en prison. On attend qu'il
soit guéri de ses blessures.

— Ah! mon Dieu! Ces juges infâmes lui ont
fait subir le supplice du knout?

— Hélas! oui, répondit le jeune homme. Pourtant, les bourreaux l'ont épargné, car, dans un
mois, il doit, m'a-t-on dit, se mettre en route
pour la Sibérie.

Louba se mit à pleurer. Des sanglots nerveux
lui montèrent à la gorge.

André resta silencieux, respectant cette grande
douleur, et versant lui-même des larmes amères,
en voyant combien celle qu'il aimait si tendre-
ment, aimait, elle, un autre que lui.

— Nous voici arrivés, dit soudain Boris Soliloï,
en se rapprochant d'eux, et en leur désignant une
grande construction de bois toute délabrée.

Louba regarda cette masse noirâtre qu'un rayon

de lune éclairait par places, faisant ainsi ressortir
mieux en sombre les endroits non éclairés. Elle
eut une expression de peur qui augmenta encore
lorsque Soliloï eut ouvert une petite porte, et
qu'elle dut, à tâtons, traverser des pièces glaciales.
On la fit monter par un escalier si vermoulu qu'il
tremblait sous leurs pas. On l'introduisit dans une
chambre.

— Ici, dit Boris Soliloï, en frottant une allu-
mette, nous pouvons avoir de la lumière, les fenêtres sont bien calfeutrées.

Il alluma une bougie. Louba aperçut une
chambre bien meublée; des livres, des papiers
étaient posés sur une grande table ; sur une autre
était préparé un couvert. Sur un buffet, il y avait
toutes sortes de provisions en vins, viandes
froides, pâtés, fruits et pâtisseries.

— Ici, lui dit André, en lui faisant visiter sa
nouvelle prison, dans cette armoire, j'ai amoncelé
des costumes de toutes sortes; ils vous serviront,
d'abord, pour sortir et prendre un peu l'air pendant la nuit. Nous viendrons, à tour de rôle, vous
voir et vous faire promener. Et, enfin, suivant les

circonstances, nous choisirons des déguisements, lorsque nous pourrons vous faire passer à l'étranger, ce qui, j'espère, sera bientôt. Il me tarde de vous voir en sûreté, hors des mains de vos bourreaux.

— Partir! Le laisser, lui! Croyez-vous que j'aurais ce courage?

— Il le faudra bien. Vous ne pouvez pourtant pas passer votre vie dans cette prison.

Soliloï interrompit cette douloureuse conversation, en rappelant qu'il allait falloir partir : le prince de V... attendait.

Ils montrèrent à Louba les deux pièces préparées pour elle, lui recommandèrent de ne pas apporter de la lumière dans la première, et ils se disposèrent à la quitter.

Elle sentait qu'elle allait mourir de peur, pourtant elle n'osa pas le dire. André lui aurait proposé de rester, et le prince de V... l'avait dit, par prudence, il devait se montrer et se créer un alibi. Elle le pria seulement de l'enfermer à clef, ainsi, elle serait plus rassurée, lui dit-elle.

Ils prirent congé d'elle en lui promettant de

11.

venir le lendemain, dans la nuit, lui apporter des nouvelles.

Lorsque la clef rouillée eut grincé dans la serrure, et qu'elle eut entendu le bruit de leurs pas s'éloigner, puis la porte d'entrée se refermer, qu'elle se sentit seule dans cette maison en ruine et perdue au milieu d'une sombre forêt, une terreur folle s'empara d'elle. Elle se jeta dans un fauteuil, et resta longtemps prêtant l'oreille, tressaillant au moindre bruit.

On était à la fin du mois d'août; c'est presque le commencement de l'hiver en Russie. Le vent soufflait, les sapins et les pins faisaient entendre comme de longs cris de douleur et de lamentation; les oiseaux de proie avaient élu domicile dans les greniers de cette maison, dont les toitures s'effondraient; ils poussaient de temps en temps des cris aigus, désolés; on aurait dit des appels d'humains en détresse. Parfois, il lui semblait qu'on marchait dans la maison, et il lui revenait en tête mille histoires fantastiques de revenants, de maisons hantées et de voleurs ayant établi leur camp dans des ruines.

La fatigue eut un instant raison de sa peur. Elle s'assoupit, et alors elle se revit, en rêve, dans la sombre forteresse ; les bourreaux la maintenaient immobile, et, devant elle, Serge, ruisselant de sang, était étendu sur le kabylo. L'exécuteur laissait retomber l'infâme knout sur son dos ; elle entendait les cris de douleur que poussait son amant, et elle se meurtrissait les membres pour se dégager et lui porter secours.

Elle se réveilla suffoquée par les larmes et tout en sueur. La flamme vacillante de la bougie éclairait mal la grande pièce où elle se trouvait ; elle fut quelques minutes avant de se souvenir où elle était. La chambre était humide, le frisson la prit. Elle se leva ; à pas de loup, elle s'approcha du lit. Lorsqu'on a très-peur, on redoute parfois de faire du bruit.

Une robe de chambre bien chaude était préparée ainsi que des pantoufles. Elle quitta le costume d'homme qu'elle portait ; ensuite, elle se sentit des crampes d'estomac, et elle se souvint qu'elle n'avait rien mangé de la journée. Tout doucement, évitant de heurter un meuble, elle s'ap-

procha de la table ; elle mangea un morceau de
pâté et but un verre de vin. La bougie touchait à
sa fin ; elle se jeta sur le lit et souffla la lumière.
Il lui sembla que l'obscurité l'effrayerait moins
encore que cette demi-clarté qui donnait un as-
pect fantastique à cette immense chambre.

Soudain elle entendit au dehors comme des pas
nombreux et des chuchotements. Cette fois-ci, sa
frayeur, en prenant un autre caractère, lui rendit
sa bravoure. Ces pas, ce bruit de voix lui annonçaient la présence d'un ennemi sérieux et non
imaginaire. C'étaient, sans doute, des gendarmes
que la police avait lancés sur ses traces et qui
venaient cerner la maison et l'arrêter. Elle sauta
de son lit, résolue à ne pas se laisser prendre vivante. Elle alla à tâtons vers la table, y prit un
long couteau à découper, puis elle sortit de la
chambre, alla dans la précédente. Les fenêtres de
celle-ci n'avaient que les persiennes fermées.
Les vitres avaient été laissées ouvertes afin de
donner de l'air dans l'autre pièce. Elle s'approcha de
l'une d'elles, et elle vit des ombres noires longer
la maison. Haletante, elle s'attendait à entendre

la porte voler en éclats, et déjà elle appuyait la lame du couteau sur son cœur. Mais, bientôt, elle vit ces hommes se grouper ; elle entendit celui qui paraissait être le chef, dire à un autre :

— Es-tu bien sûr que personne ne nous a suivis ?

— Non, répondit l'homme interpellé, les popes, les juges et les gardawoï dorment, la forêt est à nous, cette nuit.

Un rayon de lune donna sur le groupe, l'éclaira, et Louba reconnut que ces hommes, au nombre d'une quarantaine, portaient le costume du paysan russe. Craignant la police eux-mêmes, ils ne travaillaient donc pas par son ordre, et elle n'était pas découverte. Mais que venaient-ils faire là ? N'étaient-ce pas des voleurs ? N'allaient-ils pas entrer dans la maison ?

Perplexe, elle resta l'œil collé à la persienne, essayant d'entendre ce qu'ils disaient. Elle les vit bientôt se jeter tous à genoux ; trois fois, ils frappèrent la terre de leur front. Un seul, un vieillard, à ce qu'il lui semblait, était resté debout. Levant les bras vers le ciel, il dit à haute voix :

— Mes frères, notre âme est pure, mais notre
corps est impur, c'est lui qui souille notre âme et
la porte au péché.

— Oui! oui! c'est notre corps qui souille notre
âme, répondirent en chœur tous les hommes prosternés.

— Vous le savez, n'est-ce pas, Dieu a donné le
feu aux hommes afin qu'ils puissent se purifier
eux-mêmes en brûlant leur corps, et alors, du
brasier ardent allumé par eux, leur âme pure
s'envole et s'en va vers Dieu qui lui donne entrée
dans son beau paradis. Savez-vous cela?

— Oui! oui! s'écrièrent-ils encore en chœur.

— Le croyez-vous fermement?

— Oui, nous avons foi en cette grande vérité,
comme nous avons foi en Dieu, répondirent-ils
tous.

— Eh bien! quels sont ceux de vous qui, aujourd'hui, veulent venir avec moi dans le beau
paradis?

Une vingtaine se levèrent, et Louba s'aperçut
qu'il y avait des femmes parmi eux. Entourant le
chef, ils lui dirent, criant tous à la fois :

— Moi ! moi ! je veux te suivre et aller dans le beau paradis.

Ceux qui étaient restés prosternés, se levèrent et dirent :

— Bientôt, frères, nous irons, nous aussi, vous rejoindre. Aujourd'hui, nous ne sommes pas prêts.

— C'est bien, mes enfants, leur dit le chef, vous viendrez lorsque vous voudrez. A présent, aidez-nous.

Ils s'enfoncèrent dans la forêt, et justement en face de la fenêtre où se trouvait Louba. Ils s'arrêtèrent à une centaine de pas, dans un endroit découvert et sans arbres. Ils allumèrent des louchines (éclats de bouleau qui ont été séchés au four), ils les plantèrent en terre, puis, avec des pioches, ils se mirent tous à creuser un grand trou.

Louba se souvint que Serge Mirianoff lui avait parlé de toutes ces sauvages et stupides sectes qui ont pris naissance en Russie, grâce à l'ignorance dans laquelle le despotisme a laissé croupir le peuple, afin de le rendre plus apte à supporter

l'esclavage. Il lui avait conté que les Morelstschiki
s'immolaient partiellement ou en entier, qu'ils
creusaient parfois une fosse profonde dans un lieu
désert, qu'ils l'entouraient de matières combus-
tibles, et qu'ils s'y couchaient après y avoir mis le
feu, se laissant ainsi brûler volontairement. Mais
elle avait pensé que cette secte ne comptait que
fort peu de sectaires, et qu'on ne les retrouvait
que dans les provinces les moins civilisées. Les
préparatifs qu'elle voyait faire, les paroles qu'elle
leur avait entendu prononcer lui indiquaient clairement qu'elle allait assister à un horrible spectacle qui, par avance, la faisait tressaillir d'effroi.
Une autre crainte s'emparait de son esprit : la police,
elle le savait, pourchassait les Morelstschiki afin
de les empêcher d'accomplir ce qu'ils appelaient
le baptême du feu. Ne suivait-elle pas leur piste ?
N'allait-elle pas arriver et peut-être forcer la porte
de la maison pour s'assurer qu'elle ne donnait pas
asile à des sectaires ?

Haletante, toujours son couteau à la main
et prête à se tuer si son asile était découvert par la police, elle restait là, les yeux fixés

sur ces hommes qui creusaient la terre en silence
et qui, éclairés par les lueurs rouges des louchines,
ressemblaient à des démons se livrant à une œuvre
infernale.

Lorsque le trou leur parut assez profond, vingt
d'entre eux, précédés d'un homme portant une
louchine, vinrent près de la maison. Louba les vit
ouvrir une porte de l'aile faisant l'angle opposé à
celui dans lequel elle était. Ils entrèrent, puis res-
sortirent bientôt portant, les uns des brassées de
paille, les autres des brassées de bois. Elle res-
pira; elle avait cru qu'ils venaient incendier la
maison, mais elle comprit qu'ils étaient seulement
venus prendre du combustible pour accomplir
leur sacrifice. Ils allèrent jeter une partie de ce bois
et de cette paille dans la fosse. Ils mirent le reste
tout autour afin d'enfermer les victimes dans un
cercle de feu. Ceci fait, le vieillard qui, déjà, avait
fait la première prière, en fit une seconde dont les
paroles n'arrivèrent pas jusqu'à Louba. Lorsqu'il
eut fini de prier, il prit une louchine et mit le feu
à la paille qui était dans le trou. Bientôt une immense lueur illumina la forêt; les flammes san-

glantes s'élevaient en spirales. Le vieillard cria
par trois fois :

— Que ceux qui, par le baptême du feu, veulent se rendre en quelques minutes au paradis me
suivent !

Et il se jeta dans le brasier. Quinze hommes et
quatre femmes l'imitèrent.

Les autres sectaires mirent le feu à la paille et
au bois placés autour de la fosse. Puis, faisant
cercle en deçà du cercle de feu, ils entonnèrent
un cantique.

Dans la fosse, la flamme dévorait les victimes.
Les frères des victimes regardaient cet odieux
spectacle d'un air joyeux, en faisant entendre un
chant d'allégresse. L'odeur de la chair humaine
brûlée se répandait dans la forêt.

C'était épouvantable !

Louba, frémissante, restait les yeux béants à
regarder ce spectacle qui la fascinait par sa suprême horreur.

Enfin, le feu ayant fini l'odieuse besogne qu'on
venait de lui donner, les dernières flammes s'é-
tant éteintes, les Morelstschiki reprirent leurs pio-

ches et ils comblèrent la fosse en y jetant la terre qu'ils en avaient retirée, puis ils quittèrent la forêt graves et silencieux. Déjà le soleil dorait l'horizon de ses premiers rayons.

Louba, épuisée des émotions qu'elle avait subies, se sentant défaillir, alla regagner son lit; elle dormit huit heures d'un sommeil de plomb.

En se réveillant, à quatre heures de l'après-midi, elle examina sa prison. Vue de jour, elle lui parut être très-confortable.

André de Z.... y avait mis tout ce qui pouvait lui être utile comme objet de toilette et comme victuaille, et, enfin, des livres, du papier et de l'encre.

Elle choisit, parmi les différents costumes qu'elle trouva préparés, un costume noir; n'était-elle pas presque veuve? Son époux n'était-il pas emprisonné, et mourant peut-être dans une sombre prison !

Elle trouva des mets exquis sur la table, et son estomac lui rappelant que la veille elle n'avait presque rien mangé, elle dîna. Ceci fait, elle alla à la fenêtre d'où elle avait aperçu, dans la nuit,

les Morelstschiki accomplir leur lugubre baptême.
Elle se disait qu'elle avait peut-être rêvé ce sombre drame. Mais elle vit autour de la fosse des
hommes de la police, un juge et trois gendarmes
conduisant deux paysans qui avaient les mains
liées. Elle comprit que la justice avait été infor-
mée de ce sacrifice humain et qu'elle était occupée à interroger des sectaires. Elle se retira
vivement de la fenêtre et rentra dans la chambre
noire. Elle s'empara du couteau et attendit.

Mais deux heures se passèrent sans qu'aucun
bruit annonçât qu'on essayait de pénétrer dans sa
retraite. Les gens de police n'avaient point eu,
heureusement pour elle, la pensée de visiter la
maison.

Elle retourna vers la fenêtre, la forêt était rede-
venue déserte; les ombres de la nuit commençaient à descendre sur la terre. Elle alla dans la
chambre obscure; elle alluma une bougie, elle
prit un livre, mais elle ne put lire, sa pensée allait
toujours vers cette sombre forteresse, prison dans
laquelle son bien-aimé souffrait moralement et
physiquement. Des larmes amères montaient à ses

yeux ; l'avenir lui apparaissait triste et terrible.
Allait-elle donc se voir privée de la suprême con-
solation de partager le sort de celui que, devant
Dieu, elle nommait son époux !

Autour d'elle, une solitude sépulcrale ; en son
cœur, un noir désespoir ! Pauvre Louba ! L'amour
pour elle, comme pour beaucoup d'autres, avait
apporté un calice d'amères douleurs.

CHAPITRE IX

UN AMOUR HÉROIQUE.

A dix heures, Louba fut tirée de sa triste réverie par un bruit de pas auxquels succédèrent bien vite trois petits coups discrètement frappés à la porte de la première chambre. Se demandant si c'était un ami ou un policier, elle s'empara du couteau que déjà elle avait pris pour arme défensive, et elle alla vers la porte.

— Qui est là? demanda-t-elle en français.

— Moi, André, lui répondit-on dans la même langue.

Et la clé tourna dans la serrure. André entra.
Il referma la porte avec soin. Ensuite, baisant la
main que lui tendait la jeune fille, il lui dit :

— Que cette journée m'a semblé longue, Louba.

— Et moi, André, la nuit m'a paru d'une longueur mortelle, car elle a été remplie d'angoisses
pour moi.

Elle le conduisit dans la chambre éclairée par
la triste lueur d'une bougie. Elle le fit asseoir à
côté d'elle sur le canapé, et elle lui conta les
frayeurs que lui avait causées d'abord sa solitude
en cette maison déserte et en ruine ; son épouvante
lorsque les Morelstschiki étaient venus accomplir
devant ses yeux leur horrible sacrifice, et, enfin, ses
transes mortelles, lorsqu'elle avait aperçu, dans
l'après-midi, la police interrogeant sur la fosse, des
sectaires du baptême du feu.

André, en écoutant ce récit, se sentit, lui aussi,
pris d'angoisses.

— Oh ! ma chère Louba, s'écria-t-il, il faut
absolument que je prépare au plus vite votre
fuite. Je n'aurai un peu de calme que lorsque je
vous verrai en sûreté à l'étranger. Aujourd'hui,

nous avons longuement discuté avec Soliloï et avec
le prince de V... sur le moyen le plus sûr de
braver les yeux d'Argus de la police. Voici à quoi
nous nous sommes arrêtés : premièrement, il faut
essayer de vous rendre méconnaissable. Je vous
apporte une drogue qui est, paraît-il, une excellente teinture. Vous allez en imbiber trois ou
quatre fois vos cheveux, et ils deviendront noirs.

Il sortit une bouteille de sa poche et la donna
à Louba qui la posa sans rien dire sur une table.

— Voici une autre bouteille ; et il sortit un
second flacon de sa poche. Celle-ci contient une
liqueur très-inoffensive, mais qui, appliquée sur
votre visage, donnera à votre peau cette teinte
chaude qui est l'apanage des brunes. Si vous avez
soin de dissimuler votre taille souple et fine, et
de vous grossir beaucoup au moyen d'un corset
rembourré, et enfin si vous cachez vos beaux yeux
en portant un binocle, je crois que tous les limiers
de Potokoff passeront à côté de vous sans vous reconnaître.

Louba prit le second flacon, le posa à côté de
l'autre, et dit :

— Merci, André, je vais opérer cette transformation aussi complète que possible, car elle me permettra d'approcher le convoi qui conduira mon époux en Sibérie.

— Mais ce serait une folie, ce serait vous livrer à vos bourreaux ! En vous voyant, Serge Mirianoff vous reconnaîtrait bien, lui. Imprudemment, peut-être, il vous parlerait, ou bien son émotion vous trahirait, et, du reste, la police méfiante, chercherait à savoir quelle est la femme qui a osé s'approcher des condamnés.

— Eh bien ! elle saura que c'est moi, répondit-elle avec calme.

— Y pensez-vous ? Louba ! Elle s'emparerait de vous, et vous seriez encore enfermée dans une maison de fous.

— Non, car elle n'aurait que mon cadavre.

— Que voulez-vous dire ? De grâce, ayez pitié de moi. J'ai tant souffert, en vous sachant prisonnière !... Avec tant de bonheur j'ai risqué ma vie pour vous délivrer, et, à présent que j'espère pouvoir bientôt vous conduire à l'étranger, vous rem-

12

plissez mon cœur de nouvelles angoisses, en me laissant entrevoir de sinistres projets.

— Tout n'est-il pas sinistre autour de moi, tout n'est-il pas horrible dans mon avenir ?

— Non, ma chère Louba, l'avenir, croyez-moi, aura encore de beaux jours pour vous. Écoutez le plan que nous avons combiné, pour vous faire sortir de cette maudite Russie. Une petite-cousine à moi, Mme Rachelieff, est de votre taille, un peu plus forte, très-brune, et c'est pour cela que je vous apporte ce qu'il faut pour vous transformer en brune. Ma cousine est une femme mondaine, coquette, très-légère, je ne puis pas me fier à elle, mais je vais lui conter une belle histoire : Je suis amoureux d'une femme mariée, je veux l'enlever ; il me faut un passe-port, la dame lui ressemble. Bref, je la prie de demander son passe-port à la police, puis de se cacher quinze jours. J'ai un moyen assuré pour qu'elle ne me refuse pas ce service. Elle adore les bijoux ; je vais lui offrir un beau collier de perles. Du reste, servir à une intrigue amoureuse, est une chose qui lui plaît beaucoup. Moi, par précaution, j'ai demandé mon passe-

port il y a quinze jours. Nous partirons de Moscou
très-ostensiblement ; à Pétersbourg, nous irons à
la gare ostensiblement aussi. Tout le monde
trouvera naturel que j'accompagne à Paris ma
cousine qui est veuve. On vous cherche parmi les
personnes qui ont l'air de se cacher : on ne vous
reconnaîtra pas, si vous vous montrez à mon bras,
en plein jour. Une fois à Paris, nous serons en
sûreté. Vous choisirez le pays qui vous conviendra
le mieux, pour vous y fixer. Je vous y installerai
avec luxe et confort. Je resterai près de
vous en frère dévoué. Et, si un jour vous daignez
vous souvenir que je vous aime ardemment, eh
bien ! il ne tiendra qu'à vous de me rendre le plus
heureux des hommes en consentant à devenir ma
femme... Mais qu'avez-vous ? vous pleurez !

— Oui, André, je pleure de honte. Pour qui
me prenez-vous ?

— Que voulez-vous dire, Louba ? Est-ce que je
ne vous prouve pas et mon amour et ma profonde
estime, en vous laissant lire dans mon cœur, et en
vous montrant que mon vœu le plus cher est de
vous donner mon nom ?

— Non, André, vous vous trompez ; au lieu de me prouver votre estime, vous me laissez voir que vous me jugez bien mal. Eh quoi ! j'ai aimé Serge Mirianoff jusqu'au point de me donner à lui, de le proclamer hautement mon époux devant Dieu, et vous pensez que, lâchement, je vais l'abandonner ; le laisser aller mourir en Sibérie d'une mort lente mais horrible, et m'en aller, moi, vivre à l'étranger dans le confort et le luxe, comme vous le dites, et ensuite, plus vile encore, parjurer les serments que je lui ai faits, et devenir votre femme, tandis que lui, que j'ai choisi pour époux devant Dieu, souffre dans les fers !

Mais savez-vous que si j'étais capable d'une chose pareille, je serais infâme, je serais tout simplement une fille sans cœur et sans loyauté !

— Ignorez-vous, Louba, que, même la femme légitime de l'homme envoyé en Sibérie, reprend sa liberté ?

— Oui, je le sais, et elle fait bien, si son époux a forfait à l'honneur, s'il a volé ou tué. Mais, vous le savez, André, mon époux, mon bien-aimé Serge Mirianoff est un martyr de notre sainte

cause. Et moi qui suis, comme lui, nihiliste, moi,
qui suis liée par un double serment : celui fait au
président du comité de me vouer au triomphe de
notre cause ou de mourir pour elle, et celui fait à
Serge de l'aimer toujours, j'irais l'abandonner à
ses bourreaux? Et pendant qu'il subit des supplices affreux, méprisable et parjure, je vous donnerais ma foi!... Mais pourriez-vous m'estimer?
Mais pourriez-vous croire en moi, si je faisais une
chose pareille!

André, morne et désespéré, baissait la tête et
gardait le silence.

— Tenez, mon ami, vous croyez m'aimer, eh
bien! vous vous trompez, vous ne vous doutez
même pas de ce que c'est que le vrai amour.

— Oh! Louba, pouvez-vous me dire cela!

— Vous avez risqué votre liberté, votre vie,
peut-être, pour moi ; mais ceci ne prouve qu'une
chose, c'est que vous êtes brave et généreux. Et,
sans doute, vous m'aimez, mais à votre façon.
Avant de connaître et d'aimer Serge, moi aussi,
j'ignorais cet amour si fort, si sublime que vraiment il doit venir de Dieu.

12.

— Mais, enfin, que comptez-vous faire ? Vous ne pouvez ni sauver Mirianoff, ni partager son sort. Car, si la police vous reprend, ce n'est pas en Sibérie qu'elle vous enverra, mais dans une lugubre prison.

— Je vous l'ai dit, elle ne m'aura pas vivante. Je veux revoir mon époux, l'embrasser une dernière fois, lui dire : Ne pouvant partager ton triste sort, je n'ai pas voulu vivre libre loin de toi, et je me tue à tes pieds.

— Mais c'est insensé ! D'abord vous ne pourrez pas l'approcher.

— Si, je guetterai le passage du convoi, déguisée en paysanne. Vous me prouverez votre affection en m'aidant à accomplir mon projet, et en me donnant un revolver qui m'enverra attendre là-haut que mon époux ait achevé ici-bas son martyre.

— Je vous en conjure, Louba, comprenez bien que vous pouvez être reconnue avant d'avoir accompli votre projet. Vous pouvez être empêchée de vous tuer, et, enfin, vous pouvez vous manquer, et, alors, vous serez de nouveau entre les mains de vos bourreaux. Ils voudront vous faire durement expier votre évasion. Vous n'avez échappé au knout que par un horrible drame. Mais, hélas! votre pauvre père ne sera plus là pour vous sauver de cette insulte et de ce supplice, et vos chairs seront déchirées par cet odieux instrument de torture.

— Ils n'oseront plus, ils se contenteront de m'envoyer aux mines; c'est ce que je souhaite. Je serai donc avec Serge, je partagerai son sort.

— Ils n'oseront plus! dites-vous. Mais vous avez bien vu que ces hommes osent tout.

— Ils ont acquis la preuve qu'on ne menaçait pas impunément une femme de mon rang d'un supplice infamant.

— Dans notre pays, Louba, il n'y a pas de rang. Devant le czar, il n'y a que des esclaves dont la vie, la liberté et la fortune sont à sa merci. Depuis l'abolition de l'esclavage, il y a peu de chose de changé chez nous. La loi autocratique est toujours la même; seulement, les nobles n'ont plus le droit de fustiger le peuple, mais l'autorité a conservé le droit de fustiger les soixante millions d'hommes qu'un destin cruel a fait naître Russes.

— Je sais cela, André, mais je suis femme, et les plus sauvages ont pourtant un peu de respect pour le sexe auquel j'appartiens.

— Vous oubliez l'histoire russe, ma chère Louba. Pierre Ier a fait battre de verges sa propre sœur devant toute la cour réunie. Tenez, là, dans ces livres appartenant au prince de V..., et que j'ai apportés dans cette chambre, pour que vous puissiez vous distraire par la lecture, vous trouverez un livre curieux. Il est écrit par l'abbé d'Aulteroche, au XVIIe siècle, il parle de la Russie, de la cour d'Élisabeth ; il est enrichi de trois superbes gravures faites par Leprince. Eh bien ! l'auteur conte comment Mme Lapouchin, une des plus belles femmes et des plus grandes dames de la cour, fut livrée publiquement aux bourreaux. Un dessin de Leprince représente cette grande dame livrée à moitié nue à ses cruels bourreaux.

André se leva, chercha un livre au milieu de ceux qu'il avait placés sur la table, le feuilleta, et, s'approchant de la jeune fille, lui montra une eau-forte contenue dans le volume.

Elle regarda un instant, puis, se voilant la face, elle se mit à pleurer.

— Écoutez comment l'auteur raconte cette scène horrible, lui dit André, qui se mit à lui lire ceci :

« Je n'ai pas été témoin (dit l'auteur) du sup-
» plice du knout, mais, parcourant la ville avec
» un étranger, nous nous arrêtâmes à l'endroit
» où Mme Lapouchin avait reçu le knout. Cet
» étranger, homme honorable et digne de foi,
» avait été le témoin de cet événement. Il en
» était encore si frappé, qu'il m'en fit le récit
» dans tous ses détails, tels que je les donne ici.

» Mme Lapouchin, compromise dans une intri-
» gue, fut condamnée à ce supplice par l'impéra-
» trice Élisabeth. Elle parut à l'endroit du sup-
» plice dans un négligé qui donnait un nouvel
» éclat à sa beauté. La douceur de sa physiono-
» mie et sa vivacité annonçaient plutôt quelque
» indiscrétion que l'ombre d'un crime. Tous ceux
» que j'ai consultés à ce sujet m'ont pourtant
» assuré qu'elle devait être coupable du crime de
» conspiration. Jeune, aimable, fêtée, recherchée

» à la cour, dont elle faisait les délices, à présent,
» elle ne voit autour d'elle que des-bourreaux
» au lieu d'une multitude d'adorateurs que ses at-
» traits lui attachaient. Elle jette sur eux des
» regards étonnés qui font naître le doute si elle
» est bien convaincue que ces apprêts la regar-
» dent. L'un des bourreaux lui arrache le man-
» telet qui lui couvrait le sein. Sa pudeur alarmée
» la fait reculer de quelques pas ; elle pâlit et
» répand un torrent de larmes. Ses vêtements
» disparaissent et, dans quelques instants, elle se
» trouve exposée, toute nue jusqu'à la ceinture,
» aux regards avides d'un peuple immense qui
» gardait un silence profond. »

— André vous êtes cruel. Assez, assez !

— Non, je ne suis pas cruel, mais je veux vous
prouver que vous allez vous exposer, non-seulement à une mort horrible, mais encore à la honte.
Ecoutez jusqu'au bout ce récit véridique, et vous
verrez que, dans notre patrie, la femme, la jeu-
nesse, la beauté, le rang, rien ne trouve grâce
devant le pouvoir :

« L'un des bourreaux la prend par les deux

» mains, et, faisant aussitôt un demi-tour, il la
» place sur son dos courbé et l'élève par ce moyen
» de quelques pouces au-dessus du sol ; l'autre
» bourreau se saisit de ses membres délicats, avec
» de grosses mains endurcies à la charrue : il la
» porte et la transporte, sans ménagement aucun,
» sur le dos de son camarade, pour la placer dans
» l'attitude qui convient à ce supplice. Tantôt, il
» lui appuie brutalement sa large main sur la
» tête, pour l'obliger à la tenir baissée, tantôt,
» semblable à un boucher qui va écorcher un
» agneau, il semble la caresser au moment où il a
» trouvé l'attitude la plus favorable. Ce bourreau
» prit alors une espèce de fouet appelé knout : il
» s'éloigne aussitôt de quelques pas, en mesurant
» d'un œil fixe l'espace qui lui était nécessaire,
» et, en faisant un saut en arrière, il lui applique
» un coup de l'extrémité du fouet, et lui enlève
» une lanière de peau depuis le cou jusqu'au bas
» du dos. Il prend, en trépignant des pieds, de
» nouvelles mesures, pour appliquer un second
» coup parallèlement au premier, et, en quelques
» moments, lui découpe toute la peau du dos en

» lanières, qui, pour la plupart, pendaient sur la
» chemise. On lui arracha la langue immédiate-
» ment après, et elle fut envoyée en Sibérie. Cet
» événement est connu de tous ceux qui ont été
» en Russie. »

— Vous le savez, les mœurs russes se ressentent
de ce système de répression barbare, l'homme
s'accoutume à la vue du sang, sa sensibilité s'é-
mousse, il devient dur et brutal. Aujourd'hui,
comme au dix-huitième siècle, on a encore recours
au knout. Pendant la guerre de Pologne, des centaines de femmes, appartenant à la haute aristocra-
tie de cet héroïque pays, ont été fouettées en place
publique ; une seule chose a changé depuis la
czarine Elisabeth : c'est la manière d'administrer
le knout, le kabylo remplace à présent le dos du
bourreau.

— Ah! mon pauvre bien-aimé Serge..., voilà
donc le supplice qu'on lui a imposé... les misérables! Mais, je le vengerai. Je ne veux plus mourir,
André, j'ai une tâche sainte à remplir; je vais me
défigurer, me rendre méconnaissable à tous les
yeux, et, ceci fait, je reste en Russie, je poursuis

l'œuvre nihiliste, le sang se vengeant par le sang, et, je le jure sur mon salut éternel, André sera vengé. J'enverrai plus d'un de ses bourreaux dans le sombre empire de Lucifer.

— Eh quoi ! Vous voulez rester en Russie, même lorsque je viens de vous prouver à quoi vous vous exposiez !

— Soyez tranquille, j'aurai non-seulement sur moi une arme mais encore du poison ; et, avant qu'un policier ait mis la main sur moi, j'aurai tranché le fil de ma vie humaine.

André se jeta à ses pieds, il était pâle, de grosses larmes tombaient de ses yeux :

— Que vous êtes cruelle ! Louba ; que vous ai-je fait, pour me faire tant souffrir ? Mais ne comprenez-vous pas le mal que vous me faites ! Je vous aime, moi, de cet amour ardent que vous avez pour mon rival, et, sans pitié, vous me brisez le cœur.

— Est ce ma faute, André, si c'est lui que j'aime ?

— Mais, est-ce ma faute à moi, Louba, si je vous aime ?

— Non, le destin est seul coupable ; mais, je ne

puis pas plus arracher de mon cœur l'amour que
Serge m'a inspiré, que vous ne pouvez, vous, arracher du vôtre le fatal amour que je vous ai inspiré. Je ne puis pas ne point vous faire souffrir ;
vous avez risqué avec joie votre vie pour me
sauver, comprenez, mon ami, que, moi aussi,
je jouerai avec joie ma vie pour lui.

— Mais, moi, j'avais l'espoir de vous délivrer,
tandis que vous, hélas ! vous ne pouvez avoir cette
espérance, et vous allez vous tuer, rien que pour
vous procurer la joie àcre de mourir à ses pieds et
pour lui !

— C'est vrai, ceci vous prouve que mon amour
est encore plus violent que le vôtre.

— Ceci me prouve que vous me haïssez bien,
car vous aimez mieux mourir pour lui que vivre
pour moi !

— C'est vrai, mais, bien loin de vous haïr, j'ai
pour vous, mon cher André, une sincère affection ;
je vous aime comme j'aimerais mon frère, si Dieu
m'en eût donné un, mais j'aime Serge comme un
époux, et, vous le savez, la femme quitte son père,
sa mère même, pour suivre son époux.

— Elle quitte sa famille pour suivre son époux ; vous, Louba, vous voulez vous tuer, c'est bien différent, c'est un crime que vous allez commettre.

— Je lui ai juré de le suivre partout où il irait, même en Sibérie ; s'il ne m'est pas possible de partager son sort, j'aime mieux mourir que vivre loin de lui.

André se leva, il marcha pendant quelques minutes, arpentant la chambre de long en large, puis revenant vers la jeune fille, il lui dit :

— Je vais vous prouver que mon amour est aussi fort et aussi sublime que celui que vous portez à mon rival ; vous préférez mourir que vivre loin de lui, eh bien ! je vais essayer de l'arracher aux mains de ses bourreaux, et vous fuirez avec lui à l'étranger.

Elle se leva, fixa sur lui ses grands yeux rayonnants de joie :

— Vous feriez cela, André ! s'écria-t-elle.

— Je vais le tenter.

— Oh ! vous êtes bon, mon ami, je le sens à présent, vous m'aimez bien ; mais, dois-je être

assez férocement égoïste pour vous laisser une
fois encore jouer votre vie pour moi !

— Ma vie ne sera jamais heureuse. Vous devi-
nez combien je vous aime, jugez ce que je dois
souffrir !

— Pauvre cher André !

— Laissez-moi essayer de vous rendre votre
époux, puisque je ne puis avoir ici-bas d'autre
bonheur que celui de faire le vôtre.

— Si vous échouez, la torture vous attend !

— Non, Louba, comme vous aviez vous-même
l'intention de le faire, je serai muni de poison, les
policiers n'auront que mon cadavre.

— Mais, comment ferez-vous pour faire évader
Serge ?

— Je ne sais encore. Au revoir, Louba, je vous
quitte, mais pour penser à sauver votre époux. Je
vais faire mon plan, et, demain soir, je viendrai
vous le soumettre; songez à vous teindre les
cheveux, à brunir votre peau ; demain matin, le
prince de V..., sous prétexte d'aller avec Soliloï
déjeuner en forêt, remplira une voiture de pro-

visions fraîches, ils viendront vous les apporter.
Adieu, que Dieu vous garde !

Elle lui tendit la main, et lui dit :

— André, pardonnez-moi de vous faire souffrir,
vous êtes un noble et un grand cœur; si je n'aimais
pas Serge, nul homme que vous ne me paraîtrait
plus digne de posséder mon amour.

— Merci! merci!.. lui dit-il.

Et il s'éloigna vivement, pour ne point lui laisser
voir sa douleur, qui était si poignante qu'elle lui
faisait monter des sanglots à la gorge.

Restée seule, Louba se laissa aller aux trans-
ports d'une joie folle. Eh quoi! elle reverrait son
bien-aimé libre et elle pourrait vivre avec lui à
l'étranger!

L'homme ou la femme profondément amoureux
devient d'un égoïsme féroce; sans pitié et sans
un remords, il sacrifierait le genre humain à celui
qu'il aime; il dit, trouvant ceci tout naturel : Que
l'univers s'écroule, pourvu que lui et moi nous
vivions pour nous aimer!

La princesse d'Askoff, tout en admirant le dévouement héroïque d'André de Z..., qui, venant de

risquer sa liberté et sa vie, pour la faire sortir de sa prison, allait encore une fois s'exposer aux mêmes dangers, et pour sauver, cette fois-ci, son rival, tout en rendant hommage à son courage, était tentée de trouver la chose toute naturelle.

Cette nuit-là ne ressembla pas à la précédente, aucune angoisse ne vint la troubler, elle dormit et fit de doux rêves. Elle se vit auprès de son bien-aimé, en pays étranger, et libre de devenir son épouse devant Dieu et devant les hommes.

Le lendemain, elle travailla à teindre ses cheveux : dès la troisième application de la drogue que lui avait apportée André, elle fut transformée en brune, à la chevelure aile de corbeau. Elle teignit ses cils et ses sourcils, et elle constata avec joie, que déjà ceci la rendait tout à fait méconnaissable. Alors elle se lava le cou, le visage et les mains, avec le contenu de la deuxième bouteille ; son teint blanc et rosé disparut, pour faire place à cette couleur vert doré propre à certaines brunes ; elle arrangea ses cheveux de tout autre manière qu'elle avait coutume de les porter. Ces changements opérés, elle se regarda longuement à la

glace, et elle eut de la peine à se reconnaître ; elle
était toujours très-belle, mais d'une beauté tout à
fait opposée à celle qui lui était naturelle. Elle
chercha dans les costumes qu'André avait apportés
pour elle, elle en choisit un de coupe ancienne ;
elle rembourra son corset, se fit de robustes
appas ; ainsi fagotée, elle ne ressemblait pas plus
à la princesse d'Askoff surnommée : *le doux
Miracle de beauté*, que le jour ne ressemble à la
nuit.

Le soir, à dix heures, le prince de V... et Soliloï
vinrent lui rendre visite et lui apporter des provisions. En l'apercevant, ils poussèrent un tel cri
d'étonnement, et elle eut tant de peine à leur
persuader que'elle était bien réellement la belle et
blonde Louba, que ceci lui donna la preuve qu'elle
allait pouvoir défier les yeux d'Argus de tous les
mouchards du général Potokoff.

Le prince lui annonça qu'André était allé à
Pétersbourg, pour savoir à quelle époque partirait
le convoi qui devait emmener en Sibérie le comte
de M..., Serge de Mirianoff et les trois autres
nihilistes qui avaient été condamnés à dix ans de

travaux forcés dans les mines, et aussi pour combiner un plan d'évasion.

Il fut convenu qu'on choisirait le premier moment favorable pour la faire sortir de sa cachette
et pour l'introduire au château du prince de V...,
en qualité de femme de chambre; Louba préféra
adopter le déguisement de paysanne, qui, pensait-
elle, lui permettrait de circuler plus facilement
sans être remarquée. Dès le lendemain, on lui
apporta plusieurs costumes de femmes du peuple ;
elle mit la coiffure des paysannes riches : elle se
compose d'un bonnet en velours et en soie brodé
d'or ou de perles fausses, et qui encadre le visage,
formant autour de la tête une sorte d'auréole; on
le nomme en russe *kakoschnik*. Mais elle s'aperçut
qu'ainsi coiffée, elle ressemblait beaucoup plus à
une impératrice qu'à une paysanne. Alors, elle
quitta le kakoschnik, et elle essaya le bonnet élevé
que portent les femmes de Tarjok et du Twer; ce
bonnet est de forme conique, la pointe retombe
en avant, il ressemble assez à un soulier. Cette
coiffure bizarre lui donnait l'air d'une grande dame
déguisée; elle se décida alors à adopter le simple

mouchoir de couleur attaché sous le menton que portent les paysannes peu aisées. Elle se revêtit de la longue robe sans taille et en laine que portent les paysannes, robe qui est serrée autour du corps par un cordon de couleur et qui se nomme en russe *sarafanre*.

L'automne remplaçait l'été, et l'automne, en Russie, c'est déjà l'hiver. Aussi Louba mit-elle, au-dessus de cette robe, une sorte de petite pelisse dépassant à peine les hanches, pressant la taille et plissée par le bas comme un éventail. Ce vêtement qui engonce la femme, déforme sa taille, s'appelle en russe *douchegreika* (chaufferette de l'âme). Mais, s'il était disgracieux, il était parfait pour dissimuler la taille fine et élégante de la princesse d'Askoff; elle se décida donc à adopter complètement ce costume comme déguisement, et, dès le lendemain, le prince vint la prendre dans le jour. Il la conduisit à son château; sa femme, nihiliste elle-même, était dans la confidence; elle présenta Louba aux autres domestiques, comme étant la fille d'une ancienne serve de sa mère; elle lui donna le poste de première femme de chambre,

13.

ce qui lui permettait de passer son temps dans la
chambre de la princesse, loin de la valetaille. Elle
put s'apercevoir, dès son arrivée, qu'elle était parfaitement déguisée, car, tous les domestiques du
prince, la prenant réellement pour une paysanne,
ne se gênèrent pas pour lui faire la cour. Jouant
son rôle, elle reçut en riant et sans se fâcher leurs
déclarations. Pendant le jour, elle était dans son
rôle de femme de chambre, elle habillait la princesse, elle la coiffait, elle cousait ; mais, la nuit
venue, alors que tous les domestiques dormaient,
il y avait grand conciliabule dans le boudoir de
la princesse. Soliloï apportait les nouvelles de
Moscou et de Pétersbourg.

Les nihilistes de ces deux villes avaient leur con-
tre-police, les tenant au courant des recherches faites
par la troisième section, pour retrouver les traces de
Louba. Non-seulement la police ne pouvait parvenir
à connaître l'endroit où la princesse se cachait,
mais encore, suivant une fausse piste, elle la faisait
chercher à l'étranger. Pour les complices de cette
évasion, la police suivait aussi une piste fausse. Se
rendant justice et se sachant vénale, elle pensait

que les prétendus moujicks, le général à barbe
blanche et à lunettes bleues, n'étaient autres que
de ses propres employés, ayant reçu une forte
somme pour trahir la préfecture et pour faire
évader la princesse. De Stern..., seul, n'était point
soupçonné, et il pouvait, en toute sécurité, apprendre au comité nihiliste de Pétersbourg les
recherches infructueuses que faisaient ses chefs.

Laissons, pendant un mois, Louba d'Askoff dans
son rôle de femme de chambre, laissons André
de Z... combiner un plan et préparer cette auda-
cieuse mais héroïque folie, d'enlever, une fois
encore, des victimes aux bourreaux, et voyons quel
est le sort de l'avocat Serge Mirianoff.

CHAPITRE X

LA CHAINE DES GALÉRIENS.

M. de Culture, dans son ouvrage intitulé : *La sainte Russie*, dit :

« Enorgueillis par la peur, en partie factice, en partie réelle qu'ils inspirent à l'Europe, les Russes se font, par mépris pour les autres nations, un dieu à eux, qu'ils invoquent à tout propos : le dieu *russe*.

» Mais ce dieu ne les a pas traités en enfants ai- més, il leur a donné en partage des plaines glacées,

des steppes arides, des solitudes sans poésie et
sans mystère, d'éternelles forêts de noirs sapins
et de bouleaux, des villes mornes, ensevelies dans
les espaces, et neuf mois sur douze de frimas
horribles. »

Le moindre voyage, en Russie, offre autant de
fatigues que de dangers ; ici, le cheval rencontre
des pentes glacées sur lesquelles son sabot ne
mord plus, et sur lesquelles chevaux, voyageurs
et voitures sont entraînés avec une rapidité ver-
tigineuse. Là, des rivières encore mal prises, et
dont la glace cède sous le poids de l'équipage.
Plus loin, des chasse-neige qui renversent les traîneaux et ensevelissent des centaines de voyageurs
chaque hiver. Et ces dangers sont moins irritants
peut-être que l'affreuse monotonie de ces espaces sans fin, où l'on se traîne lentement, tantôt sur patins, tantôt sur roues ; là, empêché par
le manque de neige, ici, par son abondance, avec
dix-huit heures de nuit sur vingt-quatre, dans
l'impossibilité même d'abréger, par la lecture,
l'éternelle durée des heures, car l'on est cahoté,
moulu, sur des routes qui sont d'excellents casse-

cou. Si le Dante eût connu la Russie, il aurait
placé un voyage en cet empire au nombre des
supplices de son enfer.

C'est donc avec raison qu'un poëte de ce pays a
défini le dieu russe ainsi :

« Le dieu des frimas, des chasse-neige, des
auberges sans lits, mais, en revanche, empestées de
vermine ; des grelottants, des affamés, des favoris
de sainte Anne, des laquais sans livrée et des laquais avec livrée, le dieu clément aux sots et
aux vils, et rigoureux à l'homme d'esprit, au
cœur indépendant et fier. »

Ce pays, si horrible et si dangereux à parcourir,
même pour les gens riches et libres, offre, on le
comprendra sans peine, des misères sans nom au
malheureux exilé, qui doit, en plein hiver, faire à
pied ou en mauvais *kibitka*, le voyage de la Sibérie, ce pays d'où on ne revient plus. Il y a
un mot polonais qui peut se traduire par : A ne
plus vous revoir, qui réalise tout ce que l'éloquence humaine a su trouver de plus saisissant,
pour donner un accent au désespoir. Ce mot, le
condamné le dit à sa famille, à ses amis, au mo-

ment de partir pour la Sibérie : A ne plus vous
revoir, dit-il ; car, pour lui, le seul moyen de revoir ces êtres aimés serait de les rencontrer dans
les toundres glaciales et malsaines de la Sibérie.

Serge Mirianoff et le comte de M... allaient,
eux aussi, dire à leurs parents et amis ce poignant:
A ne plus vous revoir !

On avait dû retarder leur départ, à cause des
plaies affreuses que le knout avait faites à Serge,
plaies qui l'avaient tenu deux mois entre la vie et
la mort, et qui avaient eu beaucoup de peine à se
cicatriser ; mais enfin, les bons soins que lui
avaient prodigués ses bourreaux, avaient fini par
avoir raison du mal, et maintenant, on le jugeait
assez fort pour pouvoir supporter le voyage à la
chaîne.

On pourrait s'étonner que ses bourreaux lui
eussent, comme je viens de le dire, prodigué des
soins empressés ; mais, à leur point de vue, rien
n'était plus naturel. Serge était un débiteur de
l'autocratie ; déjà, il avait payé une partie de sa
dette en recevant le knout, mais, il restait dû
une vie de labeur, de misères et de douleurs.

Il devait aller extraire du sol de la Sibérie, de l'or, du plomb, des malachites pour le compte du pouvoir. Les bourreaux respectaient donc en lui le débiteur du czar ; ils le soignaient dans cette intention, et ils ne voulaient pas qu'il mourût avant d'avoir payé son dû.

Voici comment l'autorité russe organise les convois de déportés :

Les condamnés sont tous envoyés des diverses provinces dans un même point de l'empire ; là, on les réunit, puis on les classe selon les peines prononcées contre eux, en *possélénié* (simples déportés), et en *katorga* (galériens à vie). Ainsi classés, on les divise en *parigé* (convois) de cent à deux cents individus. Les convois formés s'ébranlent pour la Sibérie, et le temps que les condamnés mettent à faire la route, est pour eux un long et douloureux martyre ; le seul trajet de Moscou jusqu'à Tobolsk dure toute une année, et, lorsque le convoi a une destination plus lointaine, les mines de Mertchink, dans le gouvernement d'Irkoustk, par exemple, alors, le trajet prend plus de deux ans.

Les condamnés aux travaux forcés sont placés sous une plus forte escorte; une surveillance d'une sévérité excessive pèse sur eux.

Serge Mirianoff et le comte de M..., condamnés tous deux aux travaux forcés à perpétuité, furent compris dans un convoi qui devait partir de Moscou le 20 octobre; les trois autres nihilistes arrêtés en même temps qu'eux, condamnés à la déportation simple, devaient partir en même temps qu'eux. Ils devaient être mis à la chaîne, seulement en arrivant à Moscou. Ils furent conduits dans cette ville, menottes aux mains, dans un train spécial, et escortés de cinquante gendarmes. La police choisit une heure de nuit pour les faire sortir de la forteresse et les conduire à la gare de Moscou. Arrivés dans cette ville, ils furent enfermés dans la prison, et, dès le lendemain, on les fit descendre dans une grande salle de la prison. L'aide de-camp du général gouverneur était là; à côté de lui se tenaient un geôlier et six soldats. Cet officier dit d'un air rogue aux deux prisonniers:

— Condamnés, déshabillez-vous.

— Pourquoi cela ? demanda le comte de M... —

— J'ai ordre de prendre votre signalement complet, et de noter toutes les marques de vos corps.

— Mais, s'écria Mirianoff, ceci est une chose barbare ; la description de nos visages doit vous suffire !

— L'ordre est précis. Je vous prie de vous déshabiller.

— Il faut nous soumettre, dit, en français, le comte de M..., en s'adressant à Mirianoff.

— Je vous défends de parler une langue étrangère, s'écria l'officier.

— Monsieur, répliqua le comte, vous pourriez, ce me semble, vous souvenir que vous parlez à un homme du monde.

— Il n'y a plus ici ni homme du monde ni noble, attendu que l'arrêt qui vous a condamné vous a dégradé de la noblesse. Ainsi, obéissez.

Ils durent s'exécuter. L'officier examina longuement le dos de Mirianoff, qui était meurtri et couvert de longues raies sanglantes, marques de l'affreux knout. Il fit le dessin des coutures qu'elles faisaient, compta leur nombre. Ces notes prises, il fit donner aux prisonniers leurs effets de voyage. Un soldat, en tendant un pantalon à Mirianoff, lui glissa un petit papier dans la main, tout en lui faisant comprendre, par un clignement d'yeux, qu'il devait le cacher avec soin. Serge le tint serré dans sa main, puis, il tourna le dos à l'officier et aux soldats, pour passer son pantalon. Le papier n'était pas plus grand qu'une pièce de cent sous, il était seulement plié en deux. Il l'ouvrit dans sa main et lut ces six mots :

« Courage ! en route, vous serez délivrés. »

Vivement, il porta ce papier à sa bouche et l'avala. Le soldat qui le lui avait remis vit ce mouvement..., sa figure s'éclaira ; il était heureux de voir ainsi disparaître un papier compromettant pour lui.

Serge, en s'habillant, parvint à se rapprocher de son compagnon, et il lui dit tout bas :

— Les amis nous délivreront ; courage!

Le comte hocha tristement la tête, comme pour dire : Hélas ! ils échoueront et se compromettront pour rien.

A ce moment, le commandant de la place en-

tra. Il jeta un regard curieux sur les prisonniers.
Il connaissait parfaitement le comte de M..., pour
l'avoir souvent rencontré dans le monde, mais
pourtant, il ne lui fit même pas un léger salut de
politesse, et, s'adressant à l'officier, il lui dit qu'il
fallait mettre les fers au plus vite aux condamnés, car le convoi était prêt et n'attendait plus
qu'eux pour se mettre en route. Escortés des soldats qui les tenaient serrés entre eux, on les conduisit dans la cour. Là, un soldat agenouillé devant une forge, rallumait son fourneau, un autre
présenta une chaîne rouillée au commandant ; il la
prit, la regarda d'un œil railleur et méchant, et il
dit en riant à l'officier :

— Elle est peu brillante, mais assez bonne pour
des nihilistes.

Ces fers étaient composés de deux larges
barres reliées au milieu par un chaînon ; elles
avaient aux extrémités deux anneaux pour entou-
rer les pieds.

Le commandant rendit la chaîne au soldat, qui,
après y avoir fait certains apprêts, l'essaya aux
pieds de Mirianoff ; mais, lorsqu'il voulut souder

l'anneau au-dessus des chevilles, le patient poussa un cri de douleur ; les anneaux étaient trop étroits.

— Allons, allons, condamné, ne soyez pas si douillet. Le knout a dû habituer votre épiderme à être moins sensible.

Ceci fut dit d'un air narquois par le commandant.

Le comte de M..., rouge de colère, ne put se contenir, et, l'appelant par son nom, il l'apostropha ainsi :

— Michel d'Anghard, tu es un lâche, tu es un Niémtzi (Allemand), vilaine race qui vient, comme la sangsue, sucer l'argent russe, et qui, pour avoir places et sinécures, se fait l'humble servante de nos bourreaux.

— Taisez-vous, condamné, sans quoi, je vais vous faire donner vingt coups de verges.

— Je t'en défie, car l'arrêt qui m'a condamné aux travaux forcés m'a dispensé des punitions corporelles.

— Vous connaissez mal votre code : vous en avez été dispensé par l'arrêt de condamnation, c'est

vrai, mais une fois devenu galérien, vous recevrez
le knout ou les verges, chaque fois que vous vous
insurgerez, ou que vous insulterez, comme vous
venez de le faire, un officier supérieur. Je suis
Niémtzi, c'est possible, mais, vous le voyez, je
connais mieux que vous le code russe.

Pendant ce colloque, le soldat essayait toujours
de river les anneaux trop étroits aux chevilles de
Mirianoff.

— Eh bien! moi, commandant, dit ce dernier,
je connais fort bien le code, et je vous affirme que
vous n'avez pas le droit de m'infliger un supplé-
ment de peines; je ne suis point condamné à avoir
les chevilles brisées; ainsi, ordonnez à ce soldat
de me mettre des anneaux plus larges.

— Ceci est juste et je fais droit à votre demande.

Il fit un signe au soldat qui alla chercher d'autres fers.

Quelques minutes après, le comte de M... et
Serge Mirianoff étaient rivés aux fers, et avaient
les mains prises dans des menottes.

— En route! cria le commandant.

Des soldats les entourèrent, le sabre à la main.
Les condamnés voulurent marcher, mais les chaînes rouillées empêchaient les barres de tourner ;
ils ne purent faire un pas.

Le commandant se mit à jurer comme un païen;
puis, voyant que ceci n'avançait à rien, il ordonna
aux soldats de porter les prisonniers.

On se saisit brutalement d'abord de Mirianoff,
on le hissa dans un traîneau, un gendarme s'assit
sur le siège du cocher, un autre à côté du prisonnier, quatre gendarmes à cheval, et un officier à
cheval aussi entourèrent le traîneau.

Le comte de M... fut installé de la même façon
sur sa voiture, il fut entouré du même nombre de
gendarmes, les portes de la prison grincèrent sur
leurs gonds, et les chevaux partirent au grand
galop.

Secoués, cahotés, les prisonniers étaient meur-
tris par les fers qui leur déchiraient les chevilles et
les poignets, mais ils ne faisaient pas entendre une
seule plainte, ils restaient calmes et impassibles
en apparence.

Mirianoff était moins désespéré que son com-

pagnon; il lui avait semblé reconnaître l'écriture
de sa chère Louba, dans les six mots que le soldat
lui avait remis. Elle était donc vivante et libre, elle
pensait à lui, elle voulait essayer de le délivrer !
Ceci remplissait son âme d'une joie immense, tout
en se disant bien que, l'évasion serait, hélas ! impossible; mais enfin sa bien-aimée était libre, elle
l'aimait toujours, et l'amoureux se trouvait con-
solé il se sentait plus fort pour supporter la souffrance. Pendant tout le temps qu'il était resté en
prison à Pétersbourg, il n'avait pu obtenir aucune
nouvelle de Louba, il ignorait même le drame qui
s'était passé dans la forteresse : parfois il se disait
que le prince d'Askoff avait dû obtenir la grâce de
sa fille et qu'il l'avait sans doute emmenée à l'étranger ; d'autres fois, il frémissait, en pensant qu'elle
aussi avait pu recevoir l'affreux knout ; car il était
bien sûr qu'elle avait refusé de faire des aveux.

Il était donc fort perplexe à l'égard de sa bien-
aimée, et, à présent, il la savait en liberté, elle tra-
vaillait à le délivrer, elle l'aimait. L'avenir qu'il
avait vu si horrible, lui apparaissait encore sous
des couleurs riantes, ses chaînes mêmes lui sem-

blaient légères ; l'amour est un grand magicien, il opère des miracles.

Mais le comte de M... sentait, lui, toute la pesanteur de ses chaînes ; à chaque cahot du traîneau, les anneaux rivés à ses chevilles lui meurtrissaient les chairs, ses pieds étaient endoloris par le froid et il ne pouvait faire aucun mouvement pour essayer de rétablir la circulation du sang, ses pensées étaient sombres, une douleur poignante l'étreignait : il laissait à Pétersbourg sa vieille mère qu'il n'avait pas même pu embrasser avant son départ, il songeait au désespoir de la pauvre femme, et des larmes montaient à ses yeux ; le froid les changeait en perles au bord de ses paupières.

Pourtant, il ne regrettait pas ce qu'il avait fait ; il se disait que si, par miracle, il redevenait libre, il travaillerait avec plus de zèle encore à saper les fondements de cette autocratie aveugle et brutale.

Cœur noble et généreux, grande intelligence, il était de ces rares hommes ayant le courage et l'abnégation de se sacrifier pour le bien général.

Trois heures après leur départ de Moscou, les

14

prisonniers et leur escorte arrivèrent dans l'endroit
où le convoi attendait; il venait du centre de la
Russie, on l'avait fait arrêter près de Moscou, afin
d'y joindre les condamnés de cette ville et ceux
de Pétersbourg.

Serge Mirianoff et le comte de M... devaient
faire le trajet en voiture, ainsi que les trois nihilistes de leur comité arrêtés en même temps qu'eux.
Il y avait encore cinq autres déportés; des criminels politiques aussi, qui avaient obtenu le privilège
de ne pas faire le voyage à pied. Deux convois
allaient donc se former : celui des déportés à la
chaîne, et celui des déportés en voiture; ce fut le
premier qui se mit en route.

Quel épouvantable spectacle !

En tête du convoi, chevauchaient trois cosaques
complétement armés et la lance au poing; venaient
ensuite des hommes enchaînés seuls, ou attachés
deux à deux par les pieds ou par les mains. Après
eux, marchaient vingt hommes attachés par les
deux poignets à une même longue barre de fer;
ils avaient cet air douloureusement résigné qui
est le propre du peuple russe; il a tant souffert

qu'il semble être devenu insensible à la douleur.

Après ces hommes, en venaient d'autres, ayant, eux, les pieds et les mains enchaînés à deux longues barres de fer; si l'un d'eux faisait un faux pas, ou tombait de fatigue, toute la *barrée* entraînée tombait, et, ces hommes, pieds et mains liés, se blessaient, sans pouvoir parvenir à se relever.

Cinq femmes venaient ensuite, elles n'avaient point de fers, mais seulement des menottes.

De chaque côté du convoi marchaient des soldats, les armes chargées; une trentaine de cosaques chevauchaient tout autour de ce monde.

Après le convoi, et dans un grand traîneau, se trouvait l'officier commandant le convoi.

Six autres voitures suivaient : dans les unes, étaient entassés les bagages; dans les autres, il y avait cinq hommes et une femme, qui étaient tombés malades en route.

Ces malheureux, grelottant la fièvre, avaient au cou un carcan qui les retenait à un poteau fixé dans le véhicule.

En Russie, on voit si souvent la créature humaine torturée avec un raffinement inouï de cruauté,

qu'on se demande si ce n'est pas le génie du mal
qui règne en souverain sur ce vaste et glacial
empire !

Le comte de M... regardait d'un œil ardent s'é-
branler ce lugubre convoi ; plus forte que jamais
la foi nihiliste entrait dans son âme: Il faut, pensait-il, en finir avec cette sauvage barbarie !

Mais, en voyant ce déploiement de force armée, il
se souvenait de ce que lui avait dit Mirianoff :
« Courage ! on nous délivrera. » Dieu fasse, se disait-
il, que nos frères ne tentent pas cette folie héroïque, car elle ne servirait qu'à les envoyer, eux
aussi, dans la Sibérie, cet enfer terrestre du
pauvre peuple russe.

Mirianoff avait, lui, la foi de l'amoureux, foi iné-
branlable, capable de soulever une montagne: Ma
bien-aimée veut me délivrer, elle opérera un miracle pour y arriver, mais, elle y arrivera, pensait-
il.

Lorsque le premier convoi se fut mis en marche,
les gendarmes, obéissant aux ordres de l'officier,
aidèrent les deux prisonniers à descendre de leur
traîneau. On les fit entrer dans la salle d'une sorte

d'auberge et on leur fit servir du thé ; les huit autres déportés y furent aussi amenés ; les trois nihilistes de Pétersbourg s'approchèrent de leur président et de Mirianoff et leur serrèrent la main.

— Pourvu que nous soyons envoyés dans la même mine ! leur dirent-ils.

— Nous ne connaîtrons notre destination qu'à Tobolsk. C'est là où siège la commission des déportés, leur dit le comte de M..., mais, nous séparer sera aggraver notre misère ; nous devons donc nous attendre à ce que nos ennemis n'oublieront pas de nous infliger ce surcroît de peine.

En français et tout bas, Serge leur dit qu'on l'avait prévenu qu'ils seraient délivrés en route.

— Oh ! ne nous berçons pas de ce fol espoir, lui dit le comte de M...

— Dans dix minutes le convoi se mettra en route..., dépêchez-vous de prendre votre thé, cria l'officier.

Les prisonniers s'assirent devant les tables, toujours avec leurs fers aux pieds, mais se sentant encore heureux d'avoir les mains libres, depuis

14.

qu'ils avaient vu passer le premier convoi, et qu'ils avaient vu des malheureux, mains et pieds attachés aux fers.

L'officier commandant leur convoi était un jeune homme d'une trentaine d'années, Allemand d'origine, grand, blond, l'air insouciant ; il regardait ces hommes, qu'il savait être, non des criminels, mais de simples conspirateurs, avec un air de froide indifférence ; il était ambitieux, deux seules choses le préoccupaient : avancer rapidement, et augmenter son traitement, en pratiquant ce qu'on nomme en Russie la *science des mains creuses*, c'est-à-dire la concussion.

Ce voyage en Sibérie, loin de lui apparaître comme une corvée, l'enchantait ; d'abord, c'était une mission de haute confiance, qui, remplie avec zèle et intelligence, lui vaudrait de l'avancement, ensuite c'était une bonne affaire : il avait reçu une somme, pour nourrir, pendant la route, les prisonniers et les soldats de l'escorte, et il comptait bien faire à peu près mourir de faim tout ce monde et rapporter à Pétersbourg une somme rondelette, qui lui permettrait de mener la vie du *high-life*, pendant un ou deux mois. Il se nommait Michel Narossen.

L'officier chargé de conduire un convoi est responsable des évasions, des révoltes, des crimes ; aussi a-t-il un pouvoir discrétionnaire ; il peut punir les prisonniers, les maltraiter ; il peut même, de son propre chef, leur faire donner la bastonnade, le knout ou le plète. Les abus de pouvoir sont donc inévitables et le sort des prisonniers est aggravé ou adouci, selon le caractère de cet officier.

.   .   .   .

.   .   .   .

.   .   .   .

Dès qu'on a dépassé la ville de Nijni-Novgorod, les villages deviennent fort rares, sur la route qui mène à la Sibérie. Aussi, le gouvernement a-t-il fait construire, à des intervalles calculés, des maisons, pour abriter les nombreux convois qui parcourent sans cesse cette route. Ce sont des bâtiments longs, n'ayant qu'un seul étage, et s'étendant au milieu de plaines désertes. Il a aussi établi des corps de garde à distances inégales ;

dans chacun de ces corps de garde se trouve un
officier, avec un nombre de soldats suffisant pour
remplacer l'escorte qui arrive.

A l'époque des grands froids, et au moment du
débordement des fleuves sibériens (de mai en mi-
juin), les colonnes s'arrêtent à l'étape où elles se
trouvent. Les expéditions sont réparties de telle
sorte que, chaque semaine, un convoi arrive à
Tobolsk où réside, comme je l'ai dit, la commission dite des « Déportés ». C'est elle qui assigne à
chacun sa destination définitive, selon les be-
soins des travaux publics et des convenances lo-
cales. On calcule que le nombre des déportés
s'élève, en temps ordinaire, à peu près à dix mille
chaque année. Ce nombre double et triple dès
qu'un mouvement révolutionnaire se produit.

Chaque année, dix mille travailleurs forcés viennent donc augmenter le nombre des hommes qui
doivent travailler gratis pour le gouvernement
russe, et extraire du sol, à son profit, les richesses
que contient en son sein la terre glaciale de la
Sibérie. Ces malheureux, pour tout salaire, reçoivent une nourriture aussi mauvaise qu'insuffi-

sante et des coups de bâton. L'âpreté au gain, le désir d'avoir des ouvriers travaillant gratis pour lui, pourraient bien être pour quelque chose dans la sévérité du gouvernement russe et dans sa promptitude à condamner aux travaux forcés dans les mines, les hommes coupables des plus légers méfaits.

La colonne de prisonniers marche deux jours de suite sans se reposer. A coups de bâton, les soldats font relever ceux qui tombent épuisés de fatigue. Au moment des haltes et des repas, les déportés s'accroupissent tous en cercle, tandis que les soldats les surveillent, en faisant cercle autour d'eux, et que les cosaques à cheval caracolent autour du cercle.

L'heure du sommeil est plutôt un supplice qu'un repos pour ces malheureux qui doivent rester rivés à la même chaîne, si bien que, dès qu'un d'eux fait un mouvement, tous les autres sont éveillés en sursaut par la vive douleur que leur causent leurs fers.

Le convoi qui conduisait Serge Mirianoff et le comte de M... était composé de douze voitures.

Les prisonniers, séparés les uns des autres, avaient chacun une voiture ; un gendarme était placé à côté d'eux. Huit voitures marchaient à la suite les unes des autres ; dans la neuvième se trouvait l'officier commandant le détachement ; les trois autres véhicules, destinés aux bagages, fermaient la marche. Un cosaque, pistolets chargés à la ceinture et la lance au poing, précédait à cheval le convoi. A côté de chaque voiture, il y avait un soldat ayant ses armes chargées, et, enfin, deux gendarmes suivaient les dernières voitures.

Par une nuit froide et glaciale, les prisonniers arrivèrent à Nijni-Novgorod. L'officier fit faire halte dans une auberge des faubourgs, où tous les convois s'arrêtaient généralement.

On s'empressa autour de ceux que le peuple russe appelle *des malheureux*, tandis qu'ailleurs on les appelle des galériens. Comme ils étaient transis par le froid, des femmes s'avancèrent près d'eux et se mirent à frictionner leurs pieds, tandis que d'autres leur tendaient un thé bien fumant.

A mesure qu'on s'éloigne du centre de la Russie, et qu'on se rapproche de la Sibérie, l'officier commandant laisse les prisonniers plus libres de causer avec les personnes qui tiennent les maisons de halte. Les soldats, les gendarmes et les cosaques, très-occupés à boire de l'eau-de-vie et à faire la cour aux filles qui viennent les attendre au passage, se relâchent, eux aussi, de leur surveillance.

Serge Mirianoff, très-préoccupé du billet qu'il avait reçu, espérant toujours en Louba, regardait fièvreusement à chaque halte si rien ne lui indiquerait la présence de frères et amis. Dans l'auberge de Nijni-Novgorod, il y avait une foule de moujicks (paysans) qui, attablés, buvaient en riant et en causant bruyamment. Soudain, une jeune paysanne s'approcha de Mirianoff :

— Mon ami, lui dit-elle en russe, Dieu est plus fort que l'ange du mal, il faut toujours espérer en lui.

Le jeune homme tressaillit au son de cette voix. Il fixa des yeux ardents sur celle qui venait de lui parler ainsi. Elle avait la taille de Louba, mais les traits tirés et fatigués, la peau jaunâtre et les cheveux noirs. Il eut un geste de triste déception.

— Ce n'est pas elle, se dit-il.

Elle le regarda avec un doux sourire, et, lui offrant des gâteaux, elle lui dit encore :

— L'amour transforme tout.

Et, si bas que sa voix ne fut plus qu'un léger souffle, elle ajouta :

— Sois prêt, Serge; dans quelques heures, nous essayerons de vous délivrer.

Il laissa échapper un cri de joie et de surprise. Mais, la jeune fille, avec un rare sang-froid, se mit à dire :

— Tu t'es brûlé, *gloupy* (imbécile), tant pis pour toi, tu te souviendras à l'avenir qu'il faut boire le thé à petites gorgées : tiens, voilà un gâteau, mets-le dans ta poche, pour manger en route.

Elle lui tourna le dos, et elle fut offrir des gâteaux au comte de M.., assis à une autre table et elle lui dit tout bas :

— Comte, soyez prêt dans quelques heures.

Le comte tressaillit, lui aussi; il fixa longuement le visage de la jeune fille, mais il ne lui rappela celui d'aucune femme de sa connaissance.

— Tiens, lui dit-elle, mange de ces gâteaux,

je les ai faits moi-même pour les offrir aux malheureux.

.Puis elle en prit un, et le lui donna en lui disant
comme à Serge :

— Mets celui-ci dans ta poche ; si tu as faim
en route, tu le mangeras en songeant à moi et
en priant Dieu d'exaucer mes vœux.

Il lui obéit, et, en le prenant, il sentit qu'il contenait un corps dur : une lime sans doute.

La jeune fille s'éloigna. Elle alla offrir gracieusement des gâteaux aux soldats de l'escorte et à
l'officier la commandant, et comme celui-ci voulait les lui payer :

— Non, Votre Excellence, je ne puis accepter ;
c'est aujourd'hui ma fête, et j'ai promis à ma
patronne de faire une œuvre de charité aux malheureux.

— Mais, reprit l'officier, je ne suis point déporté, moi.

— Je le sais, Excellence ; aux autres, j'ai donné par charité ; à vous, j'offre gracieusement.

Et, lui faisant une belle révérence, elle s'éloigna, quitta la salle de l'auberge, mais non sans

15

avoir jeté un long regard sur Serge Mirianoff.

. . . .

. . . .

. . . .

A la deuxième halte après Novgorod, dans une steppe désolée et déserte, dans une longue construction de bois, l'officier du poste fumait mélancoliquement sa pipe. Les soldats, dans une salle à côté, assis sur le sol près du poêle, jouaient au *dourack* avec des cartes graisseuses.

Le convoi des prisonniers n'était annoncé que pour deux heures du matin. Il n'était que huit heures du soir ; tout ce monde n'avait rien à faire, sinon à tuer le temps, naturellement long dans ces solitudes lugubres, où les loups viennent jusqu'au seuil des rares habitations qui y sont disséminées.

Soudain, deux traîneaux s'arrêtèrent à la porte du poste. L'officier se leva vivement en disant :

— Les gaillards ont marché rondement.

Et il alla sur la porte. Mais ce n'était pas le convoi : André de Z..., en grand costume de colonel de chevaliers de la garde à cheval, suivi d'un

colonel de gendarmerie, descendit du premier
traîneau ; l'autre était occupé par des domestiques.
Ces deux colonels saluèrent courtoisement l'officier, et André prenant la parole, lui dit :

— Serions-nous en retard ? Je n'aperçois pas
le convoi conduit par Harossen.

— Vous êtes en avance, au contraire ; il n'arrivera qu'à deux heures du matin.

— Est-ce possible ! s'écria le colonel de gendarmerie, qui n'était autre, disons-le tout de suite,
que notre ancienne connaissance Soliloï.

Et il ajouta, parlant à André :

— Je vous le disais bien, mon cher ; nous au-
rions dû nous informer à Nijni-Novgorod, nous
nous serions évité l'ennui de cinq heures d'at-
tente.

— Le mal n'est pas grand, reprit André ; monsieur, — il désigna l'officier commandant le
poste, — va veiller sans doute pour l'attendre ;
eh bien ! nous lui tiendrons compagnie en buvant
le restant de ce bon vin de France que j'ai eu la
précaution d'apporter.

L'officier s'inclina bien bas, jurant que ce serait

pour lui un grand honneur de passer quelques
heures en si aimable compagnie. Il fit entrer ses
hôtes, donna l'ordre aux soldats d'avoir soin des
chevaux et de donner bonne hospitalité aux domestiques de Leurs Excellences. (Pour un infé-
rieur, le supérieur est toujours Excellence en
Russie.)

Quelques minutes après, les trois officiers
étaient assis autour d'une table placée près du
poêle. André avait sorti de la poche de sa pelisse
une grande lettre à cachet large et rouge,
ayant le timbre du ministère de la guerre; il la
posa sur la table en disant :

— J'ai ordre de la remettre en mains propres à
Harossen qui doit la remettre de même à Son Excellence le gouverneur de Sibérie et monsieur a des
ordres à lui donner verbalement.

— Cette lettre vous fait faire une longue et désagréable promenade, Excellence, lui dit l'officier.

— Rien n'est désagréable, lorsqu'il s'agit de servir le tzar, et, du reste, le ministre m'a laissé entrevoir que si je m'acquittais bien de cette mission,
on me jetterait Sainte-Anne au cou, à mon retour.

— Et, dit Soliloï avec un gros rire, ceux qu'elle dédaigne ont beau l'appeler une prostituée, ses favoris sont toujours très-heureux de son embrassade.

(On appelle sainte Anne une prostituée, en Russie, à cause du grand abus que l'on fait de son ordre.)

— Je le crois bien ; et si un jour, toute prostituée qu'elle est, elle venait à moi, je serais, je l'avoue, très-heureux... Mais que peut espérer un officier vivant ici isolé et loin de la cour !

— Tout, lorsqu'il a des amis, lui dit André qui ajouta : Dès ce jour, je suis le vôtre ; je parlerai pour vous au ministre de la guerre.

L'officier se confondit en remerciements. André arrêta sa gratitude éloquente pour dire :

— A présent, appelez, je vous prie, nos domestiques. Nous avons un vieux vin de France que vous allez déguster avec nous.

Cette perspective était très-agréable pour lui, aussi mit-il une grande précipitation à remplir cet ordre.

Les domestiques avaient deviné pourquoi on

les appelait, car ils arrivèrent, portant chacun trois bouteilles de vin.

L'officier ouvrit un buffet. Il en sortit du caviar, un peu de jambon fumé, un pain noir. Voilà, dit-il, tout ce que je puis vous offrir.

— C'est tout ce qu'il y a de meilleur pour exciter la soif, s'écria Soliloï, en s'attablant gaiement.

— Allez, vous autres, avec les soldats, dit André de Z... aux domestiques, et buvez avec eux quelques bouteilles de vin, seulement, ayez la discrétion de ne pas boire les meilleures.

Les domestiques sortirent en répondant que Son Excellence serait obéie.

André plaça deux bouteilles devant l'officier, deux devant Soliloï et les deux autres devant lui, en disant :

— Voilà notre ration ; celui d'entre nous qui laissera une seule goutte de vin dans une de ces bouteilles, aura à payer vingt-cinq roubles qui seront offerts aux soldats.

— Ce n'est pas moi qui payerai l'amende, dit en riant l'officier, car j'ai toujours passé pour le

meilleur buveur de mon régiment, et je viderais
bien, sans perdre la tête, six de ces petites bouteilles. Leur petitesse fait honte aux Français ; on
voit, par ce détail, qu'ils ne savent pas boire.

. — Tudieu ! répondit André en éclatant de
rire, six de ces bouteilles ! je serais curieux de
vous prendre au mot.

— Je ne demande pas mieux, Excellence.

— Eh bien ! entamons le caviar, et faisons
sauter les bouchons.

Ils se mirent à manger et à boire. L'officier du
poste trouvait le vin de France exquis, il ne fit
même pas attention que les deux bouteilles qu'on
avait placées devant lui avaient une marque différente de celle des quatre autres bouteilles, et il
ne se dit pas que cette façon d'avoir chacun ses
bouteilles était en dehors des usages reçus ; il
mangeait, il buvait, et, en moins d'une heure,
es deux bouteilles furent bues. Alors, André se
leva, disant qu'il allait lui-même en chercher
d'autres. Il entra au corps de garde et vit les
deux prétendus domestiques, versant à pleines
rasades du vin et de l'eau-de-vie aux soldats.

L'un d'eux se leva, s'approcha de lui et lui dit tout bas :

— Ici, tout marche à merveille ; voyez, il y en a déjà trois qui ont roulé sur le sol et qui dorment.

— Du côté de l'officier, tout marche aussi à souhait, répondit André, que Dieu nous protége ! Restez là, je vais prendre dans le traîneau encore une bouteille préparée au narcotique ; vous, ayez soin d'en faire boire assez à ces soldats, pour qu'ils dorment douze heures.

Lorsqu'il revint porteur de la bouteille, l'officier commençait à s'endormir ; il le secoua vivement :

— Eh bien ! eh bien ! et la troisième... je vous disais bien que vous vous flattiez !

Le buveur fit un violent effort, il secoua le sommeil de plomb qui s'emparait de lui, il tendit son verre à André qui le remplit jusqu'au bord. L'officier le vida d'un trait, puis il murmura quelques phrases incohérentes, appuya la tête au dossier de sa chaise et se rendormit profondément.

André et Soliloï le contemplèrent un instant en

silence, ensuite, ils le prirent l'un par les épaules, l'autre par les jambes, et ils le couchèrent par terre.

— En voilà un qui a son compte ; allons voir si les soldats ont le leur, André.

— Je le pense ; ils ont vidé plus de trente bouteilles.

Ils allèrent dans la salle du corps de garde, et en effet, tous les soldats, couchés par terre, dormaient de ce sommeil si profond qu'il ressemble à la mort, que donnent certains narcotiques.

André, après avoir constaté cela, ouvrit la porte donnant sur la route, prit dans sa poche un sifflet en argent et siffla trois fois d'une façon aiguë et stridente. Trois coups de sifflet lui répondirent. Il siffla encore ; de nouveau on lui répondit, et, cinq minutes après, trois traîneaux de poste arrivèrent devant la porte de la maison de halte : douze personnes descendirent :

— Tout va bien, leur dirent André et Soliloï, en leur donnant à tous des poignées de main.

Tout le monde entra dans la salle où dormait

15.

l'officier; Louba, princesse d'Askoff, était avec
eux, déguisée en homme.

— Que vous êtes bon, cher André, d'exposer
une fois encore votre vie pour moi, dit-elle tout
bas au jeune homme.

Il lui baisa la main et lui répondit sur le même
ton :

— Dites-moi que vous comprenez que je vous
aime comme il est impossible d'aimer davantage,
et je serai payé.

— Oui, je le crois, André, et si Serge a tout
mon amour, vous avez, vous, toute mon amitié
ardente et dévouée.

— Merci ! et, à présent, à l'œuvre, car le convoi
pourrait arriver en avance.

— Qu'allons-nous faire de ces hommes ? demanda le prince de V...

— Voici mon plan, dit André, et voyez, messieurs, si vous l'approuvez ; nous allons déshabiller
ces hommes, les enfermer dans une petite chambre
qui est là-bas au fond et où sont entassées les provisions, nous ôterons la clef de cette pièce, ensuite
nous fouillerons partout, et nous enlèverons tous

les effets, toutes les chaussures. Nous irons ensuite
les cacher dans un trou que nous ferons dans la
neige. Lorsque nous aurons endormi par le même
procédé, l'officier, les gendarmes, et les cosaques
du convoi qui va venir, nous déshabilleronsaussi ces
hommes, nous' enterrerons également leurs effets,
sauf ceux que nous endosserons. Ceci fait, demain,
tous ces hommes, en se réveillant vers les deux ou
trois heures de l'après-midi, se trouveront nus
comme feu Adam, et sans un cheval dans leur
écurie. Du diable s'ils sont tentés de courir après
nous, par ce froid et en ce costume primitif. Vous
le savez, il ne passe sur cette route que les convois
de déportés ; de huit jours il n'en passera plus, nous
aurons donc huit jours de sécurité.

— Bravo ! bravo ! s'écrièrent tous les conspirateurs, ce plan est admirable.

— Alors, à l'œuvre, messieurs.

Ils emportèrent l'officier, pour le déshabiller, daas
la pièce qu'André leur avait indiquée ; il dormait
d'un sommeil profond et son corps avait presque
la rigidité du cadavre.

Pendant qu'ils exécutent leur plan, disons tout

de suite qui sont les complices d'André, et comment il a pu se procurer une lettre avec timbre du ministère.

Après avoir promis à Louba d'Askoff de délivrer son amant, André de Z... était parti pour Pétersbourg comme je l'ai dit. Une fois dans cette ville il avait demandé au nouveau président du comité révolutionnaire, de l'aider à accomplir son hardi projet.

Celui-ci lui avait répondu qu'il le ferait d'autant plus volontiers que les divers comités de Russie étaient d'accord pour envoyer des nihilistes à l'étranger, avec mission de faire de la propagande et de recruter des adeptes. Déjà, ajouta-il, plusieurs étudiants et professeurs sont désignés pour aller accomplir cette mission. De Stern... doit leur donner des passe-ports lui-même ; ce dernier service rendu à notre cause, il veut passer à l'étranger, entendez-vous donc avec lui.

André de Z... avait été trouver de Stern..., lui avait soumis son plan, et celui-ci lui avait procuré des passe-ports sous des noms supposés, pour tous ceux qui allaient se compromettre dans le

coup de main projeté. Cela fait, il avait demandé
un congé à la police, et avait annoncé hautement
qu'il allait passer trois mois en France. André de
Z... avait réalisé une forte somme, les étudiants
et les professeurs dont avait parlé le président
avaient été envoyés à Moscou. Une fois dans cette
ville, le prince de V... les avait conduits dans le
vieux château où Louba avait été cachée pendant
quelques jours; des chevaux, des traîneaux y avaient
été aussi conduits, et cette vieille masure abandonnée était devenue le rendez-vous général des
conspirateurs. Le prince de M... et Soliloï, décidés
à passer à l'étranger, avaient réalisé tout l'argent
qu'ils avaient pu. Un nihiliste de Nijni-Novgorod,
mis dans la confidence, avait une terre et une habitation situées à quatre-vingts verstes de cette ville,
tous les conjurés s'étaient rendus là séparément, et
le nouveau quartier général s'était trouvé rapproché
de la route que devaient suivre ceux qu'on voulait
délivrer.

On le voit, tout avait été bien combiné; du
reste, lorsque les conspirateurs sont, comme en
Russie, des hommes haut placés, ils ont des moyens

d'action bien plus grands que lorsque ces révolutionnaires appartiennent à la classe populaire.

Mais souvent une expédition follement conçue et plus follement encore exécutée réussit, tandis que celle qui est sagement concertée échoue.—L'homme propose, s'agite, et le destin commande.

Revenons à nos amis nihilistes, à ces fous héroïques, venant braver l'autocratie et la force armée, venant s'exposer aux supplices les plus affreux pour sauver quelques-uns des leurs.

Suivant le plan d'André de Z..., tous les soldats gisent nus et profondément endormis sur le sol de la petite chambre en question ; leurs effets et leurs chaussures de rechange ont été soigneusement enfouis dans la neige à une grande verste du poste ; les conjurés ont endossé les costumes des dormeurs ; Soliloï a pris celui de l'officier, les autres ont mis ceux des soldats. Le prince de V... et Louba sont montés dans un traineau et ils se sont éloignés du poste, suivant la route opposée à celle que devait suivre le convoi attendu ; vers les trois heures, ils doivent se rapprocher ; un signal leur indiquera si le coup de main a réussi.

Chacun était à son poste, lorsque les cosaques précédant l'escorte arrivèrent. Les faux soldats s'empressèrent auprès d'eux, remisèrent leurs chevaux et leur offrirent fraternellement un verre d'eau-de-vie. Bientôt tout le convoi arriva. Comme je l'ai dit, il était composé de huit déportés ; d'Harossen, l'officier qui le commandait ; de deux cosaques ; de huit gendarmes et de huit soldats.

André et Soliloï allèrent au-devant d'Harossen, qui, en apercevant l'uniforme de colonel de la garde, s'inclina très-respectueusement :

— Son Excellence est porteur d'ordres pour vous, dit Soliloï qui avait pris le costume de l'officier.

— Nous parlerons de cela tantôt, dit André ; à présent laissons entrer monsieur, et donnons-lui le temps de se réchauffer.

Les soldats de l'escorte aidèrent les prisonniers à descendre de voiture, et, comme Harossen donnait l'ordre de les faire rentrer au corps de garde, André, se penchant à son oreille, lui dit :

— Je vais vous montrer une lettre du ministre vous ordonnant de me laisser causer librement avec eux ; je les connais, on espère que j'arriverai à les décider à faire certaines révélations très-importantes pour le gouvernement. Je dois leur promettre un adoucissement de peine s'ils font ce que je vais leur demander ; c'est dans ce but qu'on m'envoie, faites-les donc entrer dans la salle de l'officier, et envoyez l'escorte au corps de garde ; ils sont enchaînés, nous n'avons rien à craindre.

— Non, certes, répondit l'officier en riant ; se sauver avec leurs fers ne leur serait pas facile.

Et il donna les ordres pour qu'on fît ce que demandait André.

Notez que la lettre dont il venait de parler, André la possédait réellement et qu'elle était signée par le général T... En Russie, comme en France, les ministres signent parfois sans lire. De Stern... l'avait adroitement soumise à la signature de T..., un jour qu'il était gris comme trois cosaques.

Cette lettre, très-authentique, produisit un effet magique sur Harossen ; en la lisant, il se dit qu'André devait être fort bien en cour ; il devint pour lui d'une politesse obséquieuse et il lui laissa faire tout ce qu'il voulut.

Les prisonniers furent introduits dans la salle.
André de Z... alla vers eux, leur donna une
poignée de main à tous en leur disant :

— Asseyez-vous, mangez, buvez du thé bien
chaud, et ensuite, messieurs, j'aurai l'honneur de
vous transmettre ce que le général T... m'a chargé
de vous dire.

Serge de Mirianoff et le comte de M... com-
prirent tout de suite qu'André jouait un rôle pour
Harossen, mais qu'il venait les délivrer ; ils s'assirent, le cœur palpitant d'émotion, ils ne purent
toucher à aucun des mets qu'on leur présenta,
mais ils burent force tasses de thé afin de se réchauffer et de se donner des forces pour le moment
suprême.

Soliloï était attablé avec Harossen et il lui
disait :

— Le colonel est heureux ; on lui a promis
le grade de général s'il remplit bien sa mission,
aussi est-il en veine de générosité.

Comme pour lui donner raison, celui dont on
parlait revint avec trois bouteilles de Madère, il

en plaça une devant Harossen, l'autre devant
Soliloï en leur disant :

— Videz chacun cette bouteille à la santé du
futur général. Il ajouta : Je veux même que les
soldats goûtent à ce vieux vin, je vais leur en donner..... buvez, messieurs, je reviens dans l'instant
vous tenir tête.

La bouteille placée devant Harossen était préparée au narcotique.

André alla à la chambrée, un panier de Madère
à la main :

— Mes amis, dit-il aux soldats de l'escorte, je
vous dénonce vos camarades, les soldats du poste,
comme d'affreux égoïstes ; je leur avais donné un
panier de vin, leur recommandant de vous attendre
et de le partager avec vous autres ; ces ivrognes
ont tout bu avant votre arrivée ; à présent, ce pa-
nier-ci est pour vous. Il y a une bouteille pour chacun de vous, mais je vous défends d'en donner une
seule goutte à ces égoïstes. Et vous autres, dit-il
en s'adressant aux prétendus soldats du poste, si
vous osez en boire un seul verre, vous serez punis
sévèrement ; voici six bouteilles d'eau-de-vie, con-

solez-vous avec elles de ne plus pouvoir déguster le
vieux vin d'Espagne.

Les soldats de l'escorte jurèrent d'obéir ; gaîment
ils débouchèrent leur bouteille, jamais ils n'avaient
bu autre chose que du quouas ou de l'alcool, et ils
trouvèrent ce vin doux, mais pourtant assez agréable à boire, et, verre sur verre, chacun vida sa bouteille en dix minutes. Les faux soldats, pour les
achever, leur offrirent à chacun un verre d'eau-de-
vie, afin de se faire pardonner, leur dirent-ils, d'a-
voir bu le premier panier sans eux.

Bientôt un sommeil léthargique s'empara des
cosaques, des gendarmes et des soldats de l'escorte, ils s'étendirent sur le sol et s'abandonnèrent
à Morphée.

André de Z... était revenu dans la salle où étaient
les prisonniers ainsi que Soliloï et Harossen. Tout
en vidant un verre de la bouteille qu'il s'était re-
servée, il demanda tout bas à l'officier qui étaient
les cinq autres prisonniers :

— Je n'ai des ordres, lui dit-il, que pour le
comte de M..., Serge Mirianoff et les trois nihilistes
condamnés en même temps qu'eux, et je ne savais

pas qu'il y eût d'autres déportés dans ce convoi.

Harossen consulta une sorte de feuille de classe-
ment : là était inscrit sommairement le casier judi-
ciaire de tous les prisonniers qui lui étaient confiés.
C'étaient aussi des nihilistes condamnés à dix ans
de Sibérie par le tribunal de Kieff. André fut enchanté d'apprendre que ces déportés étaient
des frères ; pourtant, ne les connaissant pas person-
nellement, il jugea prudent de ne pas les mettre
encore dans la confidence de ce qui allait se passer :

— Monsieur, dit-il à Harossen, afin de les amener
plus facilement à faire des aveux, je dois interroger ces hommes séparément et en tête-à-tête. Je
vais donc les faire entrer l'un après l'autre dans
la salle à côté.

— Que Votre Excellence fasse comme elle l'entendra, elle est ici maîtresse absolue.

Et Harossen continua à vider une deuxième bouteille que Soliloï était allé chercher. Bientôt lui
aussi ferma les yeux : le narcotique opérait ; il pro-
fita de la dernière lueur de raison pour quitter sa

chaise en trébuchant et pour aller se coucher sur un banc où il ne tarda pas à s'endormir d'un sommeil qui devait durer douze heures au moins.

André de Z... avait emmené le comte de M... dans la pièce à côté :

—Vous avez une lime dans le gâteau que vous a donné la princesse d'Askoff dans l'auberge de Nijni-Novgorod ; vite sciez vos fers.

Le prisonnier se mit fiévreusement à l'œuvre. André appela alors Serge Mirianoff ainsi que les trois nihilistes de Pétersbourg ; il leur dit à eux aussi de se débarrasser de leurs fers au plus vite. Ensuite il courut au poste ; déjà les faux soldats avaient déshabillé tous les hommes de l'escorte, cosaques, gendarmes et soldats ; ils gisaient nus et horribles sur le sol, il pria ses complices de les porter avec les autres dormeurs. Dix minutes après, la fameuse chambre cachot offrait un singulier spectacle, celui d'une cinquantaine d'hommes couchés nus sur le parquet, et dormant comme des marmottes.

On eut la charité de bourrer le poêle de bois, afin que l'appartement conservât une température élevée ; ceci fait, la porte fut fermée à double tour et un des nihilistes mit la clé dans sa poche, en disant :

— Ils ont des provisions, du bois, ils pourront passer huit jours là sans mourir.

— Maintenant, dit André, que tous les geôliers dorment et qu'ils ne sont plus à craindre, nous pouvous annoncer aux autres qu'ils sont libres. Suivi de tous ses complices, il rentra dans la grande salle, dans laquelle se trouvaient les prisonniers qui étaient fort étonnés de se voir seuls. A ce moment et par une autre porte, Serge Mirianoff, le comte de M... et les trois nihilistes arrêtés en même temps qu'eux, rentraient aussi dans la salle, libres de leurs fers, ce qui augmenta la surprise de ces hommes :

— On vous a donc graciés, vous autres? s'écrièrent-ils.

— Messieurs, leur dit André, voulez-vous passer avec nous à l'étranger ?

Et comme ces malheureux, ahuris de cette proposition, ne comprenant rien à tout ce qui venait de se passer, restaient là, bouche béante, les yeux dilatés, André les mit au courant de ce qui avait été

fait et du plan combiné pour la fuite. Saisis brusquement par un bonheur si inespéré, deux tombèrent
en faiblesse ; il fallut leur donner un cordial pour
les faire revenir à la vie, les autres se mirent à fon-
dre en larmes.

On les aida à se débarrasser de leurs fers, pendant que Serge Mirianoff et André de S... allaient
sur la route, faire les signaux convenus pour prévenir Louba d'Askoff et le prince de V... que tout
avait marché à souhait et qu'ils pouvaient venir.
Bientôt ils arrivèrent, amenant avec eux trois traîneaux couverts de poste, Louba et Serge se
retrouvèrent enfin !...

Je n'entreprendrai pas de dépeindre leur immense bonheur. Il y a de ces choses que la plume
est inhabile à retracer, mais tous ceux qui ont connu
l'amour ardent et profond, comprendront la joie
que ressentirent ces deux amants, en se revoyant
après les dures épreuves qu'ils avait passées et
alors qu'ils avaient cru être séparés à jamais...

André de S..., qui s'était fait le commandant
en chef de cette dangereuse expédition, mit fin à
leurs tendres épanchements en criant : En route !

il ne faut pas perdre une seule minute; pour nous
le temps vaut plus que de l'argent, il vaut la vie.

Tous les traineaux, ceux qui avaient amené André et Soliloï, ceux qui avaient amené leurs complices et enfin ceux du convoi furent préparés ; on
fit monter les prisonniers délivrés ainsi que Louba
dans les traineaux couverts, les autres nihilistes
se placèrent dans les traineaux ouverts, quatre
d'entre eux avaient pris les uniformes des cosaques,
ils chevauchèrent deux en avant et deux en arrière du convoi.

Il y avait neuf traineaux ; neuf nihilistes, dé-
guisés en gendarmes, les conduisaient. Ils lancè-
rent leurs chevaux au grand galop sur la route
de Nijni-Novgorod, ne laissant dans le poste qu'ils
quittaient pas une seule paire de chaussures ni aucune espèce de vêtement, et pas un seul cheval.

Un poste militaire se trouvait sur la route qu'ils
avaient à suivre, ils passèrent au grand galop devant sa porte sans s'arrêter : l'officier et les soldats,
en les apercevant, crurent que c'était un convoi
venant de Tobolsk et ils n'eurent pas l'ombre
d'un soupçon.

Entre ce poste et Nijni-Novgorod, un chemin, venant joindre la grande route, conduisait à la maison de campagne du nihiliste de cette ville, qui avait aidé à opérer l'enlèvement. La caravane prit ce chemin, et le soir elle arriva dans ladite campagne. Tout était préparé, chevaux et costumes, ils se déguisèrent encore une fois.

Louba reprit un costume de femme; de Stern... avait des passe-ports parfaitement en règle pour tous, les uns étaient portés comme marchands, les autres comme officiers en congé. Louba avait le passe-port de la cousine d'André de S...

Pour moins attirer l'attention, ils se divisèrent en plusieurs bandes, qui gagnèrent, par des routes différentes, le grand chemin de fer de Moscou à Varsovie, et, sept jours après, ils se retrouvaient tous à la gare de la capitale de la Pologne, mais, par prudence, ils affectaient de ne pas se connaître, et ils reprirent le chemin de fer de Varsovie à Vienne.

A Granica, ville frontière, les trains venant de Varsovie, laissaient, il y a quatre ans encore, voyageurs et bagages au beau milieu du chemin. Il n'y a, à cette station, qu'une mauvaise gare en bois,

16.

la maison de la douane, le télégraphe et un cabaret. Les voyageurs avaient une fort mauvaise nuit
blanche à passer ; je me souviendrai longtemps de
celle que j'y ai passée moi-même, en 1865. Je voya-
geais avec deux dames, nous ne pûmes pas obtenir de rester dans les voitures ; on nous répondit
que les Russes avaient fini leur service et que les
voitures autrichiennes n'arriveraient que le lendemain. Nous fûmes obligées de rester toute la
nuit dans cet affreux cabaret où cent cinquante
voyageurs se heurtaient, se grisaient et s'inju-
riaient.

Pour nos évadés, cette nuit-là fut remplie d'angoisses terribles. Un convoi avait dû arriver au
poste des dormeurs, et pouvait avoir envoyé à
Pétersbourg la nouvelle de leur fuite, et alors un
télégramme pouvait être expédié à toutes les frontières, et ils échouaient ainsi, alors qu'ils voyaient
le port devant eux !

De plus, ils étaient brisés de fatigue, les prisonniers surtout qui déjà avaient fait, enchaînés, un
dur voyage.

Mais enfin cette horrible nuit se termina heu-

reusement pour eux. Le train autrichien arriva ; ils
montèrent en voiture ; la vapeur fit entendre son
cri strident et aigu et elle les emporta rapidement
vers la capitale de l'Autriche : ils étaient sauvés !

Laissons-les un instant s'enfuir à toute vapeur
loin de leur patrie ; nous les retrouverons bientôt
tous réunis à Bude, et, retournant en arrière de
quelques jours, allons assister au réveil des dormeurs et allons savoir l'effet qu'a produit, à Pétersbourg, la nouvelle de cette seconde et nombreuse
évasion.

Vers les quatre heures de l'après-midi, Michel
Souloff, l'officier du poste, celui qui, le premier
avait été endormi par Soliloï et André de S..., la
tête lourde, pesante, les idées peu nettes, se réveilla.
Le poêle ne brûlait plus, la température avait baissé,
ses membres étaient engourdis par le froid, il s'é-
tira, puis ouvrit les yeux, et... il se vit entouré
de tous ces hommes nus !

— Qu'est-ce que tous ces cadavres ? s'écria-t-il.

Il se leva vivement et jeta un coup d'œil effaré
autour de lui, puis il remarqua que lui-même n'avait
d'autre costume que celui d'Adam avant le péché.

Il se frotta les yeux, pensant qu'il était mal éveillé et que son esprit continuait un rêve étrange. Mais les corps étaient bien là. En même temps, il s'aperçut que ses jambes avaient peine à le soutenir ; il fut contraint de s'asseoir, pour ne pas tomber.

Le narcotique, pris à si forte dose, laisse une grande faiblesse dans les jambes et une pesanteur douloureuse dans la tête. Assis, il regarda encore ces corps : étaient-ce des cadavres ? quels étaient ces hommes ? En vain il essayait de se souvenir, ses pensées étaient confuses et troublées. Tout à coup, l'idée lui vint qu'il était le jouet d'un abominable sortilège. Comme la plupart des Russes, il croyait au diable, aux sorciers, aux mauvais sorts et à mille choses de ce genre. Il se mit à faire une trentaine de signes de croix, puis il s'agenouilla, frappa dix fois le sol de son front, en se signant de nouveau dix fois par minute, et, ceci fait, il regarda autour de lui : les quarante-neuf corps nus gisaient toujours sur le plancher. Alors il se leva une seconde fois, et, jurant comme un païen, il s'écria :

— Qu'est-ce que ceci signifie ?

Sa voix courroucée arracha au sommeil un des

soldats du poste, qui, lui aussi, jeta un regard effaré sur tous ces hommes nus qui l'entouraient,
puis il se leva :

— Ah ! c'est toi, Ivan ; me diras-tu, dourack, ce
que tu fais là dans ce costume ?

Le soldat fixa l'officier, d'un air de profonde surprise ; puis, le voyant nu, il se mit à rire : son supérieur, en ce costume, manquait de prestige à ses
yeux.

— Tu auras dix coups de bâton pour t'apprendre à répondre à mes questions, au lieu de te
permettre de me rire au nez.

On dit à tort : L'habit ne fait pas le moine ; un
moine en chemise n'est plus un religieux digne de
respect, ce n'est plus qu'un homme en un costume ridicule. Qu'un général se présente en costume d'Adam devant son régiment, les soldats oublieront son grade, et ne verront plus qu'un homme
comme eux, et peut-être plus mal bâti qu'eux.

Ivan trouvait l'officier laid, horrible, dans cet
état primitif, et il riait de plus belle, tout en le
toisant des pieds à la tête.

16

— Veux-tu me répondre ! hurla Souloff, ivre de colère, que fais-tu là dans ce costume ?

— Ce que je fais ! je n'en sais rien, Excellence ; mais, vous-même que faites-vous dans ce singulier costume ?

Et il se mit à rire aux éclats.

Les jambes cagneuses, les os saillants de son supérieur lui paraissaient décidément choses si comiques qu'il ne pouvait mettre un frein à son hilarité.

Souloff, ne sachant pas pourquoi lui aussi était là, et en cet état, commença à se calmer et à comprendre qu'il n'était pas étonnant, après tout, que ce soldat l'ignorât.

— Mais quels sont tous ces hommes, Ivan ? lui dit-il, d'un ton radouci.

— Excellence, je me le demande, nous n'étions que quinze au poste et en voilà plus de cinquante.

Il s'approcha de tous les dormeurs, les regarda attentivement.

— Celui-ci est Nicolas ; celui-ci est Valadio, cet autre est Serginus.

Il reconnut ainsi ses quatorze camarades, mais,

arrivé devant les soldats de l'escorte et devant
Harossen :

— Pour ceux-là, dit-il, le diable m'emporte, si
je sais d'où ils viennent !

Souloff, tout trébuchant, tant ses jambes étaient
faibles, alla vers la porte et voulut l'ouvrir, mais
elle résista :

— Tonnerre ! s'écria-t-il, nous sommes enfermés ! Qu'est-ce que tout ceci signifie ?

— Ça sent le sortilège d'une lieue, Excellence.

— Et pourquoi veux-tu, dourack, qu'un sorcier
nous ait mis dans ce costume ?

— Je ne sais, mais ce n'est pas naturel.

— Viens m'aider à enfoncer cette porte.

Ivan lui obéit, et, tous les deux se mirent à donner de grands coups de poing dans la porte, sans
réussir à l'ébranler.

Ce vacarme réveilla l'officier Harossen. Il était
brisé, moulu et gelé. Avant d'ouvrir les yeux il
jura comme un moujick (paysan), puis il se leva,
se frotta les yeux, et pensa rêver encore, lui
aussi, en voyant tout autour de lui ces hommes au
naturel.

Souloff ne le connaissait pas, car, on s'en souvient, il ne l'avait point vu, puisque déjà, à son arrivée au poste, il dormait profondément. Il pensa donc tenir le coupable de cette affreuse mystification ; il alla vers lui la main levée, et en criant :

— Bandit, misérable, tu mourras sous le knout.

— C'est toi, infàme gredin, qui seras couché sur le kabylo, pour m'avoir joué ce tour pendable !

— Quel tour ! et, commence par me dire qui tu es, et ce que toi et les tiens vous faites ici !

— Qui es-tu toi-même ?

— Moi, je suis Souloff, le commandant du poste.

— Et moi, je suis Harossen, le commandant du convoi.

Les deux hommes se regardèrent un instant, muets de surprise ; puis, Harossen, fixant longuement Souloff, lui dit :

— Tu mens, tu n'es pas l'officier du poste, je l'ai vu, il m'a reçu cette nuit ; il était grand et blond, et toi, tu es petit et noir.

— Il t'a reçu ? dis-tu ; mais, que venais-tu faire ici ?

— Conduire le convoi des prisonniers, donc, déjà.

— Comment ! le convoi est venu ! Mais, qui l'a
reçu ?

— Mais, l'officier du poste et les soldats.

— Non, puisque je suis cet officier, et que j'é-
tais là..., et mes quinze soldats sont là.

— Et les miens sont là aussi ! s'écria Harossen, en examinant les dormeurs.

Puis, se frappant le front, il dit d'un air désespéré :

— Mes soldats et mes gendarmes sont là..., mais
alors, où sont les prisonniers ?

Souloff essayait de rappeler ses souvenirs afin
d'avoir la clef de ce mystère... Il se souvint tout à
coup du colonel de la garde, du colonel de gendarmerie et de la lettre dont ils étaient por-
teurs.

— Les avez-vous vus ? demanda-t-il à Harossen.

— Oui, certes, répondit celui-ci, c'est l'officier
commandant le poste qui m'a présenté à eux.

— Mais c'est impossible ; je vous répète que je
suis Souloff et que je commande le poste, et je ne
vous ai pas vu arriver..., et, tenez, je m'en souviens, à présent : ces messieurs m'ont offert du

vin de France ; nous l'avons bu, en attendant l'arrivée des prisonniers.

— C'est affreux ! monsieur, vous vous serez grisés, vous et vos hommes, et Dieu fasse que, pendant ce temps, des misérables n'aient pas délivré les prisonniers. C'est grave, très-grave de vous griser, étant de service.

— Eh ! monsieur, trève de morale ; il me semble que vous-même, vous avez dû boire pas mal pour qu'on ait pu vous jeter ici dans ce costume peu convenable pour un officier, et vos hommes, tout comme les miens, ont dû boire comme de vrais cosaques.

Harossen baissa la tête. Que pouvait-il riposter à un raisonnement si logique ?

Cependant, les soldats commençaient à sortir de leur sommeil léthargique ; plusieurs ouvrirent les yeux, jetèrent un regard effaré autour d'eux, se levèrent et firent entendre des exclamations de surprise.

— Allons ! debout tous , cria Harossen, et alerte ! il faut chercher les prisonniers !

— Les prisonniers ! où sont-ils ? pourquoi som-

-mes-nous là en ce costume ? dirent-ils tous en
chœur.

— Pourquoi ! pourquoi ! Est-ce que je le sais,
moi? Sans doute, vous aurez bu comme des
ivrognes que vous êtes !

— Tiens, c'est vrai, dit l'un d'eux, je me souviens, à présent ; le vin de France était exquis.

— Ce que je commence à comprendre, c'est
que nous avons été tous grisés par les vins qu'a
apportés ce beau colonel de la garde, mais ceci ne
m'explique pas pourquoi on nous a déshabillés et
enfermés ici.

C'est Souloff qui dit cela.

— Et moi, s'écria Harossen, je comprends une
chose : c'est que nous allons tous mourir sous le
bâton. On est venu nous griser pour délivrer les
prisonniers confiés à notre garde, et nous allons
payer cher notre goût pour le vin de France...

Enfoncez cette porte, dit-il en se tournant vers
les soldats, cherchons nos vêtements et sautons à
cheval pour essayer de rattraper les fuyards au
plus vite.

Pendant que les hommes se ruaient sur la

porte et la faisaient voler en éclats, Souloff s'approcha de la fenêtre :

— Nous avons dû dormir longtemps ; le soleil vient de se coucher, et c'est la nuit dernière que le coup de main a été fait.

— Mais enfin, quel est l'officier qui m'a reçu ?

— Moi, je n'ai pas vu arriver le convoi ; je devais dormir. Un des domestiques de ces colonels se sera fait passer pour moi. Mais, dites-moi, mes soldats étaient-ils au poste lorsque vous êtes arrivés ?

— Oui, j'en ai vu une quinzaine.

— S'il en est ainsi, interrogeons-les, reprit Souloff, et il appela ses soldats.

Aucun n'avait vu arriver le convoi, mais tous se souvenaient d'avoir bu du vin de France.

— Alors, ces colonels, ou ceux qui se faisaient passer pour tels devaient avoir des complices, les prisonniers doivent être enlevés, et nous, nous sommes perdus.

Et Harossen, de désespoir, se cognait la tête au mur.

La porte était brisée. Tous ces hommes se pré-

cipitèrent dans la grande salle ; elle était vide ! Ils
poussèrent un cri de désappointement, car ils conservaient un vague espoir de retrouver les prisonniers, mais leur désappointement se changea en
fureur, lorsque, après une minutieuse recherche,
ils furent convaincus que tous leurs vêtements et
toutes leurs chaussures avaient disparu. Ce fut
un horrible concert de jurons formidables, d'im-
précations épouvantables. Pourtant, tout a une fin,
même la fureur. Vint un moment où, se regardant,
ils se trouvèrent si drôles en ce costume d'Adam,
qu'ils se mirent tous à rire. Ivan se tenait les côtes
et disait à ses camarades :

— Dieu, que nos officiers nus ont peu de prestige !

— Qu'allons-nous faire ? dit enfin Harossen.

— Du diable si je le sais ! Celui d'entre nous
qui se hasarderait à courir ainsi par ce froid sur la
route n'irait pas loin ; il serait changé, en dix minutes, en statue de glace.

— J'ai une idée ; qu'un de ces hommes aille à
l'écurie, il y a des couvertures dans mon traîneau ;
un d'eux s'en fera une sorte de pelisse et il mon-

tera à cheval pour aller donner l'alarme au poste
voisin.

Tous les hommes firent la grimace ; aller braver 45 degrés de froid en leur costume primitif
les épouvantait.

— M'avez-vous entendu ? répéta Harossen.

Un cosaque se dévoua ; il sortit en courant,
alla visiter l'écurie et la remise. Il revint, bleui
par le froid ; ses dents s'entre-choquaient :

— Rien... rien..., murmura-t-il, tout en se
donnant de grands coups de poing pour rétablir
la circulation de son sang.

— Comment rien ! tu as mal cherché ; elle
était pliée dans mon traineau.

— Il n'y a plus de traineaux, plus de chevaux,
il n'y a plus rien, rien, absolument rien !

Une bordée de jurons horribles accueillit cette
affreuse nouvelle.

— Les bandits m'ont même volé ma couver-
ture, et je venais de l'acheter cent roubles ! s'é-
cria Harossen.

— Et nos uniformes, et nos chaussures ! qu'al-

lons-nous devenir ? dirent en chœur tous les soldats.

— D'abord, si nous ne voulons pas être tous
gelés, il faut au plus vite rallumer le poêle, ob-
serva Souloff.

Cet ordre-ci était de leur goût ; tous les hommes
à la fois se précipitèrent pour l'exécuter, et,
quelques minutes après, le poêle ronflait et répandait une douce chaleur ; aussi, les malheureux
dépouillés se groupèrent-ils autour de lui avec un
certain sentiment de bien-être.

Ce fut encore Souloff qui fit remarquer qu'on
devait préparer le dîner.

Son ordre fut exécuté avec joie, et, environ une
heure après, les soldats, en rond par terre, man-
geaient du gruau cuit à l'eau, du jambon fumé
avec du pain noir, et ils buvaient le quouas à
grands verres, afin de se réchauffer. Cette liqueur
nationale les mit en gaieté ; elle leur montra leur
situation par son seul côté comique, et ils se mirent à plaisanter sur leur singulière aventure et
sur la mine piteuse de leurs officiers. Ils pressen-
taient bien que le gouvernement, exaspéré de cette

évasion punirait sévèrement ; mais le plus fort
châtiment serait pour leurs chefs, et ceci les con-
solait. En Russie, le soldat déteste cordialement
les officiers, qui durement et brutalement les mal-
traitent, et qui, âpres au gain, les font mourir de
faim pour gagner sur la somme allouée pour la
nourriture du régiment.

Du reste, plusieurs de ces soldats étaient affiliés eux-mêmes à la secte des nihilistes, et, dans
leur for intérieur, ils applaudissaient à ce coup de
main hardi qui avait eu le double but de rendre la
liberté à dix des leurs, et qui mettait en fureur la
police.

Souloff et Harossen s'étaient assis devant une
petite table. Tout en mangeant et en buvant, ils
se perdaient en conjectures sur la façon dont cet
enlèvement avait pu s'opérer ; ils se disaient avec
tristesse qu'ils allaient payer chèrement ce bon
vin de France, car on les enverrait peut-être
simples soldats dans l'armée du Caucase, pour les
punir de s'être laissé ainsi griser.

Mais, peu instruits, l'idée ne leur venait pas
que ce vin eût pu contenir une drogue narco-

tique, et ils se disaient naïvement que, pour avoir
dormi si longtemps, il fallait que ce vin fût très-
capiteux et qu'ils en eussent bu beaucoup.

— Qu'allons-nous devenir, enfermés ici? dit
Harossen.

— Nous n'avons, hélas! qu'une chose à faire:
tâcher de ne pas geler, et, pour cela, entretenir
un feu d'enfer dans le poêle, ensuite, attendre
l'arrivée du prochain convoi, et, ajouta Souloff,
il arrivera toujours assez tôt. Qu'allons-nous dire?
Comment nous excuser? Comment expliquer ce
qui est arrivé?

— Dans combien de jours doit arriver ce convoi? demanda Harossen.

— Dans sept jours.

— Eh quoi! rester ici en cet état huit jours!...
j'aime encore mieux la prison. Mais nous avons
un espoir, Souloff; celui que le gouverneur de la
Sibérie ait à envoyer un courrier à Nijni-Novgorod.

— Faible espoir; par ce temps horrible, il n'en
passe pas deux par mois, lui répondit son compagnon d'infortune.

En effet, il ne passa aucun courrier. Les prisonniers durent rester sept jours dans leur singulière et triste situation. L'absence de tout costume leur occasionna des rhumes, et bientôt, en chœur, ils éternuèrent et toussèrent. Enfin, huit jours, jour pour jour, après l'enlèvement des prisonniers, il arriva un convoi. Le cosaque qui le précédait, fit piaffer son cheval à la porte du poste. Voyant qu'on ne venait pas comme à l'habitude au-devant de l'officier commandant, il frappa à la porte avec le bout de sa lance. Souloff entr'ouvrit la porte et cria :

— Éntrez, entrez !... nous ne pouvons pas sortir.

Le cosaque avait aperçu tous ces hommes nus.

— Ils sont tous devenus fous, se dit-il, et il alla prévenir l'officier accompagnant le convoi.

Cet officier s'appelait Engard, était d'origine allemande, mais cependant d'un caractère très-gai.

— Hein ! que dis-tu ?... que tu as vu dans le poste une foule d'hommes nus ?

— Oui, Excellence ; celui qui a ouvert portait

ce costume, aussi m'a-t-il crié qu'il ne pouvait sortir.

— Je le crois sans peine ; s'il n'a que sa pelisse naturelle, c'est insuffisant par 45 degrés de froid.

Il descendit en hâte de son traîneau et entra dans le poste.

Il faudrait le crayon de Cham pour peindre la scène suivante :

Engard promena un regard ahuri sur tous les hommes présents. Souloff et Harossen, assez déconcertés et très-humiliés de leur absence de costume, s'avancèrent vers lui et lui firent le salut militaire.

Engard les toisa des pieds à la tête, puis il se mit à rire à gorge déployée.

— Monsieur, s'écria Harossen, rouge de colère, nous sommes comme vous, officiers, et à ce titre, vous ne devriez pas vous permettre de vous moquer de nous !

— Ah ! vous êtes officiers ?... enchanté de le savoir. Mais, à quoi vouliez-vous, je vous prie, que je reconnusse cela ?

Et il se remit à rire de plus belle.

Lés cosaques et les soldats de l'escorte, étonnés de ne point voir venir à eux les soldats du poste, entrèrent dans la salle, et ils partagèrent l'hilarité de leur officier.

— Monsieur, s'écria Souloff s'adressant à Engard, il n'y a rien de risible dans ce qui nous arrive. Nous sommes prisonniers depuis huit jours en cet état, et ce qu'il y a de pire, c'est qu'on a enlevé tous les prisonniers du détachement que conduisait Harossen.

— Hein ! vous dites ?... on a enlevé les prisonniers !

A cette nouvelle, Engard devint sérieux.

— Mais qui a pu enlever les prisonniers ? vous aviez une escorte !

— Hélas ! nous ne savons pas qui.

Et Harossen lui conta la triste mésaventure qui leur était arrivée.

— Vous conduisiez des nihilistes fort riches et ayant des amis fort puissants. L'affaire est bien mauvaise pour vous autres, messieurs, leur dit Engard.

— Comment l'entendez-vous? s'écria Souloff.

— On vous accusera d'avoir reçu de l'argent pour laisser enlever les prisonniers, et je ne voudrais pas être à votre place.

Après leur avoir dit cela, il ajouta d'un air froid qu'ils devaient rédiger leur rapport et que lui allait faire le sien, et qu'il détacherait un cosaque de l'escorte pour aller porter ces lettres au poste précédent, lequel les ferait tenir au gouverneur de Nijni-Novgorod.

Mais comme il n'avait pas d'effets à leur donner, ces malheureux durent attendre encore quatre jours avant de recevoir des uniformes.

Le gouverneur de Nijni-Novgorod ne comprit pas grand'chose à ces lettres, d'autant plus que Souloff et Harossen, ne voulant pas convenir qu'ils s'étaient grisés, expliquaient la chose d'une façon très-embrouillée. Il télégraphia ceci au grand maître de police :

« Le convoi comprenant le comte de M..., Serge Mirianoff et huit autres nihilistes, a disparu au second poste après Nijni-Novgorod ; les hommes du poste, ceux de l'escorte, Souloff et Harossen sont

17.

complètement nus et par conséquent prisonniers. Leur envoyer des effets d'habillement. »

Le général T... relut vingt fois cette dépêche : un convoi disparu..., les soldats et les officiers nus..., qu'est-ce que cela pouvait signifier !

Se creusant la tête et ne pouvant comprendre, il courut chez son collègue Potokoff, il lui montra le fameux télégramme ; celui-ci bondit de son siège :

— Nous sommes joués, s'écria-t-il ; c'est encore un tour de ces infâmes nihilistes. Ils sont donc une légion ! ils sont donc plus forts que nous ! Ah ! mon cher ami, nous allons être en disgrâce.

— Pourtant, ce n'est pas notre faute; depuis deux mois, nous avons arrêté plus de trois cents nihilistes.

— C'est vrai, reprit Potokoff, mais on a toujours tort, vous le savez, lorsqu'on occupe des postes comme les nôtres.

Ils télégraphièrent, demandèrent des détails ; un point restait toujours obscur, savoir comment l'enlèvement s'était fait, mais une chose était claire, très-claire : les prisonniers avaient été enlevés.

Toute la police fut en mouvement ; elle lança ses plus fins limiers à la piste des évadés, on télégraphia à toutes les frontières, c'était trop tard : ils étaient, nous le savons, en sûreté à Bude, et la Hongrie est une terre hospitalière.

Il fallut aller donner cette nouvelle au tzar, ce fut le général Potokoff à qui échut cette périlleuse mission. Il se rendit au palais, la tête basse, le cœur battant très-fort ; mais, lorsqu'il se trouva en présence de son souverain, il le regarda bien en face, puis, il se mit à rire aux éclats. Son hilarité calmée, il se mit à fredonner un air de la *Mère Angot...*, il était fou !

Ce courtisan admirable n'avait pu se résigner à donner une mauvaise nouvelle à son maître, ou, peut-être, la crainte de payer chèrement ce qu'on allait appeler sa négligence, lui avait-elle troublé l'esprit. Quoi qu'il en soit, le hasard fait parfois des choses singulières ; il occupe, à la maison de santé de Létinia, le même cabanon où il avait fait enfermer Louba d'Askoff. Que Dieu rende le calme à cette âme troublée !

CHAPITRE XI

DÉNOUEMENT D'UN AMOUR FATAL.

Dans une maison isolée d'un des faubourgs de Bude, Louba d'Askoff, si pâle et si changée que nul n'eût pu reconnaître, en elle, celle que, moins d'un an auparavant, on nommait encore à Péters-bourg « *un Miracle de beauté*, » veillait près du lit d'un malade, et ce malade était Serge Miria-noff.

Le knout, lorsqu'il ne tue pas, attaque les pou-mons. Serge avait dû, ses plaies à peine cicatrisées,

entreprendre, enchaîné, le fatigant voyage de la
Sibérie. En route, ses plaies s'étaient rouvertes, le
froid avait déterminé des crachements de sang,
mais, tout préoccupé de l'espoir que Louba vien-
drait le délivrer, il ne s'était pas plaint, il n'avait
même pas senti son mal. Pendant ce voyage à
grande vitesse, fait pour gagner le port, c'est-à-dire
l'étranger, tout à la joie de se retrouver libre
avec sa bien-aimée, il n'avait pas pris garde à
son triste état de santé. Mais, arrivé à Bude, une
pulmonie s'était déclarée, les entailles que le knout
avait faites dans son dos s'étaient envenimées,
une fièvre ardente s'était emparée de lui, un médecin hongrois le soignait avec zèle, tout en dé-
clarant que son état était presque désespéré.

Louba, se disait, elle, qu'il n'était pas possible
que Dieu lui eût donné ce bonheur immense de
lui permettre de l'arracher à ses fers et de le rendre
à la liberté, pour voir ainsi l'horrible mort le
lui enlever. Elle espérait, et elle restait nuit et
jour assise près de son chevet, ne voulant pas que
personne autre qu'elle lui donnât des soins.

Le Président du comité de Pétersbourg, le prince

de V..., Boris Soliloï et André de Z... logeaient
dans la même maison; les autres nihilistes
étaient allés s'engager dans l'armée turque.

Il était minuit ; tous dormaient, sauf Louba, qui,
comme je viens de le dire, veillait le malade depuis
quinze jours. Vaincue par la fatigue, un instant elle
appuya la tête au dossier du fauteuil, et elle s'en-
dormit. Un affreux cauchemar vint prendre possession de son esprit; elle se vit au pied d'une sorte de
plate-forme, elle était vêtue tout de noir, une immense foule l'entourait : soudain, on lui jeta un capuchon sur la tête, ce capuchon lui couvrit le visage et elle ne voyait plus rien, mais elle entendait
les cris de la multitude ; elle se sentit saisie par
les bras et on lui fit monter ainsi plusieurs marches,
puis, une impression de froid dans le dos la fit
tressaillir. Bientôt cette impression se changea en
une vive douleur ; une corde lui serrait la gorge, ses
pieds avaient quitté le sol, son corps se balançait
dans le vide, la douleur devint affreuse, le sang lui
faisait bourdonner les oreilles. Enfin, cette souffrance cessa, elle sentit comme un choc en elle,
puis, une lumière éclatante l'éblouit. Elle n'avait

plus de voile devant le visage, et ses yeux, char-
més, voyaient tout autour d'elle des êtres idéalement beaux qui semblaient marcher ou plutôt glis-
-ser sur des nuages... Serge Minianoff se trouva tout
à coup auprès d'elle ; folle de joie, elle poussa un cri
et se jeta dans ses bras. Le rêve s'interrompit brusquement, elle se réveilla, et vit Serge qui fixait
sur elle ses grands yeux brillants de fièvre.

— Pauvre aimée, lui dit-il, tu as dormi d'un
sommeil bien agité, tu te fatigues trop à me soi-
gner et tu vas, toi aussi, tomber malade.

— Oh ! je ne suis pas fatiguée, mais j'ai fait un
rêve étrange ; comment te sens-tu ?

Elle se leva, et se pencha vers lui.

— Bien, il me semble que je suis guéri...

Et il voulut se soulever, mais une écume sanglante
monta à ses lèvres, il eut une quinte déchirante,
sa tête retomba sur l'oreiller, il était si blême que
Louba poussa un cri, le croyant mort.

Il rouvrit les yeux, et, fixant sur elle un tendre
regard, il lui dit avec un triste et douloureux sou -
rire :

— Je crois que je me trompais, je ne suis pas

guéri... mais, peut-être, je suis à la veille de ne
plus souffrir...

Elle comprit, par cette phrase, qu'il songeait que
la mort allait venir. Elle se souvint de ce rêve
étrange, et elle lui dit :

— Si cela peut te consoler de quitter si tôt ce
triste monde, sois très-convaincu, mon bien-aimé,
que je te rejoindrai bien vite dans le pays d'outre-
tombe.

Il serra la main qu'elle lui tendait, la retint
dans sa main brûlante, et il lui dit :

— Pauvre Louba, mon amour t'a été fatal ; tu
étais belle, heureuse, adulée, tu vivais dans les
fêtes et les plaisirs... ; tu es venue à moi, ton
amour est né de mon amour ardent, et, depuis,
as-tu assez souffert ! J'ai été égoïste, j'aurais dû
avoir le courage suprême de ne pas accepter ton
sacrifice ; j'aurais dû ne pas t'entraîner parmi les
martyrs de la liberté..., me pardonnes-tu ?

— Je t'aime, Serge, je te bénis de m'avoir fait connaître l'amour vrai, et je te bénis encore de m'a-
voir initiée et associée à votre œuvre de régénéra-
tion. Si la nouvelle douleur m'est réservée de te

voir mourir avant moi, je serai forte, car, je le comprends à présent, ce n'est pas un rêve que je viens
de faire, c'est une sorte de vision que j'ai eue.

Elle lui conta ce songe d'un instant, et ajouta :

— Je le sens, j'en ai la ferme conviction, tu vas
aller m'attendre là-haut, et moi, après avoir été
pendue par nos bourreaux, j'irai te rejoindre dans
le pays où conduit la mort, et qui est celui de
l'amour infini.

— Toi pendue, oh ! quelle horreur ! non, non, cela
ne sera pas. Jure-moi, ma bien-aimée Louba, que si
je meurs, tu ne rentreras jamais dans ce maudit pays.

— Ne me demande pas cela, Serge, je dois accomplir ma destinée. Du reste, tantôt, j'ai éprouvé,
pendant mon sommeil, toute la somme de douleur physique que doit donner la mort par la pendaison, eh bien ! ce n'est que quelques minutes de
douleur horrible ; la seconde fois que je les subirai
encore, je saurai qu'après ces instants d'angoisses
physiques, je me trouverai soudain là-haut, dans un
pays lumineux, avec toi; pays dans lequel la mort
et les bourreaux seront impuissants à nous séparer. Forte de cette certitude, gaîment je monterai

sur la plate-forme ; mon rêve, je le sens, je le de-
vine, j'en ai la profonde conviction, était un aver-
tissement du sort que la Providence me réserve,
je dois lui obéir.

Mirianoff voulut protester, mais une toux sèche
vint encore secouer sa poitrine et teignit ses lèvres
de sang.

Louba lui fit boire une potion calmante, puis
elle arrangea doucement sa tête sur l'oreiller, et,
lui déposant un long baiser sur le front :

— Je t'en prie, lui dit-elle, ne parle pas, reste là
bien tranquille, je vais te lire une page d'un de nos
auteurs favoris ; peut-être ma voix, une fois encore,
te bercera doucement et te donnera-t-elle quelques
heures de sommeil et de trêve à tes souffrances.

Elle prit un livre de Chamiakoff et lut l'ode suivante :

« Le flatteur dit : courage, sois fier, ô peuple au
front couronné, au glaive invincible, toi qui dis-
poses de la moitié de l'univers.

» Pas de frontières à ton empire. La fortune obéit
à un signe de ta main. Le monde t'appartient et
plie en esclave devant ta majesté.

» Le steppe s'épanouit en champs féconds, tes
montagnes élèvent dans les airs leurs têtes boisées,
et tes rivières ressemblent à l'Océan ! O mon pays !
dépose ta fierté, n'écoute pas les flatteurs.

» Et quand tes rivières soulèveraient des ondes.
comme l'Océan, et quand tes montagnes ruissel-
leraient de rubis et d'émeraudes, et quand des
mers t'apporteraient leur tribut ;

» Et quand des pays entiers baisseraient les
yeux devant l'éclat de ta toute-puissance, dépose
ta fierté, n'écoute pas les flatteurs.

» Rome a été plus puissante, les Mongols plus
invincibles : où est Rome, que sont devenus les
Mongols ?

» Ta mission est plus haute et plus sainte : C'est
la foi et la fraternité. »

Elle s'arrêta, elle entendait Serge Mirianoff
pousser comme des soupirs. Elle le regarda, ses
yeux avaient une fixité effrayante, ils regardaient
vers le plafond comme si d'en haut lui arrivait
une apparition.

— Serge !... Serge !... dit-elle.

Il ramena son regard vers elle, murmura :

— Il faut venir bien vite me rejoindre...

Puis il voulut soulever sa tête, mais elle retomba sur l'oreiller ; il poussa un sourd gémissement, ses yeux se rouvrirent, devinrent ternes et vitreux, il était mort.

CHAPITRE XII

UNE EXÉCUTION A KIEFF.

Il y a quelques mois, la ville de Kieff était en grand émoi. On s'annonçait tout bas que la police avait arrêté la veille plus de vingt personnes soupçonnées d'être nihilistes ; chacun tremblait pour sa propre liberté, car on savait que les amis et les connaissances des accusés étaient arrêtés comme suspects. Or, tout le monde avait plus ou moins connu les accusés, dont sept faisaient partie de l'université de Vladimir, quatre étaient des sous-

officiers, trois étaient des rentiers du quartier de
Petchersk, deux des juifs du quartier de Podol,
les autres quatre accusés étaient des femmes.

Une seule personne, peut-être, n'était point au
courant de ce qui se passait, c'était la fille du gouverneur de Kieff, et cette ignorance amena une
méprise dont on rit encore dans cette ville.

Masha, la fille de ce dit gouverneur, avait, depuis
peu, une institutrice anglaise qu'elle aimait beaucoup, et qui s'appelait Marie Clapton. Elle venait
lui donner une leçon d'anglais tous les matins à
dix heures. Un jour, ne la voyant pas arriver,
quoiqu'il fût dix heures et demie, Masha envoya
Boris, son valet de chambre, s'informer de la santé
de la jeune miss. Midi sonna, sans que ce ser-
viteur fût revenu. Alors, elle dit à sa femme de
chambre d'aller elle-même faire cette commission,
car, probablement, Boris s'était grisé dans un cabaret, en route. La soubrette partit, mais trois
heures de l'après-midi sonnèrent sans que sa maîtresse la vit revenir. Masha se dit que, sans doute,
ses serviteurs avaient trouvé l'institutrice très-
mal, et qu'ils étaient restés pour lui prodiguer des

soins. Elle avait un bon petit cœur, elle ordonna
d'atteler, et elle se fit conduire chez la jeune miss.
Mais, comme elle habitait une petite ruelle du
vieux Kieff, dans laquelle la voiture ne pouvait
s'engager, elle fit arrêter son équipage dans une
rue à côté, et elle se rendit à pied, chez son institutrice.

Le soir, le gouverneur fut très-étonné de voir
que sa fille n'était pas rentrée, et que Boris et la
soubrette manquaient aussi à l'appel. Il passa la
soirée à chercher Masha chez toutes ses amies et
connaissances. Il était mortellement inquiet, lorsque, à deux heures du matin, le cocher rentra disant
qu'il stationnait en vain depuis quatre heures de
l'après-midi au coin d'une rue, où sa maîtresse lui
avait dit de l'attendre.

— Mais, où allait-elle? lui demanda le gouverneur.

— Chez miss Clapton, répondit le cocher.

Ce fut un trait de lumière pour ce fonctionnaire.
Il courut à la police où il retrouva sa fille dans un
cachot, en train de briser son banc de bois contre
la porte, pour essayer de l'ouvrir. Boris, lui,

pleurait à chaudes larmes dans un second cachot et la soubrette, plus philosophe, dormait dans le sien, sur le mauvais lit de sangle placé dans ce réduit.

Voici ce qui était arrivé : La police, dès qu'elle a fait une arrestation, cerne la maison du coupable, afin de s'emparer des complices, et c'étaient deux des serviteurs et la propre fille du gouverneur qui étaient venus se prendre dans cette souricière. Comme je vous l'ai dit, on en rit encore à Kieff.

Les nihilistes furent jugés en grande pompe, mais à huis clos, un mois après leur arrestation. Quinze furent déclarés coupables d'avoir introduit des écrits révolutionnaires en Russie, et d'avoir converti à leurs détestables théories un grand nombre de personnes, et furent, pour cela, condamnés à l'exil simple en Sibérie.

Les cinq autres étaient sous le poids d'une accusation des plus graves : celle d'avoir assassiné un mouchard. Marie Clapton était au nombre de ces accusés-là. Ils furent interrogés tous séparément, trois nièrent énergiquement, mais Marie Clapton déclara que c'était elle, et sans l'aide d'aucun complice, qui avait poignardé ce policier.

Et, comme le juge lui faisait observer que c'était monstrueux, qu'une fille de son âge commît un pareil crime, elle lui répondit qu'il n'y avait, selon elle, aucun crime à débarrasser la société d'un être aussi dangereux qu'un mouchard passant sa vie à dénoncer des honnêtes gens.

Elle répondit en fort bon russe, avoua qu'elle n'était point Anglaise, mais Russe, et qu'elle s'était vouée au triomphe des idées révolutionnaires, mais elle refusa de dire son nom.

Elle fut condamnée à être pendue.

Le cinquième accusé, au grand étonnement des juges, avoua, lui aussi, avoir assassiné le mouchard sans le secours d'aucun complice ; il déclara n'être point Allemand mais être Russe et nihiliste, il refusa de dire son nom.

Les juges furent assez perplexes ; un seul mouchard avait été assassiné, et deux personnes déclaraient avoir commis ce crime sans complices.

Pourtant, ils finirent par se dire qu'il fallait les condamner tous les deux, de peur de laisser le vrai coupable impuni, et cet homme fut aussi condamné à mourir par la pendaison.

18

Huit jours après, dès l'aube, sur la grande place
de Petchersk, on construisait une plate-forme, on
installait l'instrument de supplice : deux poutres
soutenant une poulie de laquelle pendaient deux
cordes. Une foule immense, morne et silencieuse,
regardait faire ces tristes apprêts.

A sept heures, un roulement de tambour annonça la troupe. Trois régiments se massèrent autour du sinistre appareil, un autre fit la haie sur
le chemin que devaient suivre les condamnés.
Bientôt ils apparurent, entourés de gendarmes ; ils
marchaient d'un pas ferme, la tête haute, le regard assuré.

Louba, car c'était elle, n'avait plus teint ses
cheveux. Ils étaient, à présent, d'un beau blond et
sa peau était blanche et rose ; elle avait un joyeux
sourire sur les lèvres, ses yeux se levaient parfois
vers l'azur du firmament, comme pour chercher à
apercevoir si Serge ne venait pas à sa rencontre.

Arrivés aux pieds de la plate-forme, un prêtre
s'avança d'eux :

— Monsieur, lui dit le condamné, si vous voulez
accomplir le dernier vœu d'un mourant, obtenez

que je puisse serrer la main à celle qui va mourir en même temps que moi.

Le prêtre parla à l'officier supérieur, qui consentit à accorder la grâce sollicitée, et le prêtre prit le condamné par le bras, et le conduisit devant la jeune fille. Les gendarmes s'écartèrent, tout en faisant cercle autour d'eux, pour prévenir toute tentative de fuite.

— Louba! chère Louba! dit le condamné en appuyant ses lèvres sur la main que la jeune fille lui tendait.

— Eh quoi! mon bon André, est-ce possible que vous soyez condamné aussi, tandis que je me suis déclarée seule coupable!

— Et moi, j'ai fait la même déclaration, Louba.

— Mais quelle folie, puisque c'était vous perdre sans me sauver!

— Vous avez voulu mourir pour aller rejoindre Serge ; moi, j'ai voulu mourir pour vous suivre ; vous le voyez, mon amour pour vous est aussi ardent et aussi profond que l'amour que vous avez pour lui.

— Pauvre André !...

Elle se pencha vers lui et lui donna un long baiser, puis, se redressant, elle dit :

— Et, à présent, en route pour une patrie moins marâtre.

Appelant elle-même le bourreau :

— Allons, lui dit-elle, viens faire ton triste métier.

Sans vouloir qu'on les soutînt, tous deux gravirent lestement les marches qui conduisaient sur la plate-forme. Une fois qu'ils y furent arrivés, et comme on allait leur mettre le capuchon noir :

— Attends un instant, dit Louba au bourreau, j'ai un aveu à faire.

Et, d'une voix forte et vibrante, elle cria à la foule :

— Russes, mes chers compatriotes, moi, Louba, princesse d'Askoff, je meurs victime de mon désir de sauver ma patrie d'un odieux esclavage, continuez mon œuvre : il faut...

Le bourreau l'empêcha de continuer de parler, en lui jetant le capuchon noir sur la tête, et, une minute après, son corps et celui d'André de Z... se balançaient dans l'air, soutenus par la fatale

corde. Dix minutes après, Louba retrouvait là-haut
son époux bien-aimé.

Espérons que ce pauvre André, cet amoureux
héroïque et sublime, aura trouvé dans les régions
bleues des remèdes pour guérir l'amour malheureux et sans espoir, car, sans cela, le ciel ne serait
qu'un enfer pour lui.

. . . .

. . . .

. . . .

Rien, dans ce livre n'est inventé, tout est ri-
goureusement vrai : drame d'amour, but des nihilistes, leurs théories, leur manière de conspirer,
tortures, chaînes des déportés. J'ai seulement
changé les noms et j'ai fait enlever les prisonniers
d'une façon différente ; en réalité, ils ont été
enlevés par la force..... de l'argent.

Cette révolution russe se fait par des procédés
en dehors de ceux adoptés jusqu'ici en Europe,
mais il faut convenir que ce pays se trouve aussi
dans une situation particulière. Le peuple, conser-
vateur féroce, veut conserver l'antique barbarie,
et, comme l'Indou, il aime un Dieu cruel et sangui-

naire. Lorsque le sang coule à flots, plein d'orgueil il s'écrie : Le Dieu des Russes est un Dieu puissant, voyez plutôt !

La noblesse s'unit aux savants, aux professeurs et à tous les hommes instruits de la bourgeoisie pour essayer de sauver l'âme russe de l'effet délétère et démoralisateur de l'esclavage ; elle essaie de briser les fers du peuple, et ce peuple inepte conduit lui-même le sauveur en prison.

Les révolutionnaires sont l'élite de la nation, mais ils sont le petit nombre.

Quelle sera l'issue de ce mouvement? Dieu seul le sait. Pourtant, comme tout ici-bas est destiné à finir, hommes, choses et institutions, cette loi fatale du destin brisera aussi l'autocratie; et, si elle ne meurt pas de mort violente, bientôt elle expirera de vieillesse.

Paris. — Imprimerie de E. DONNAUD, rue assette, 1.

www.ingramcontent.com/pod-product-compliance
Lightning Source LLC
Chambersburg PA
CBHW071846020726
47502CB00003B/625